JN105742

異世界召喚されたら無能と言われ追い出されました。

この世界は俺にとってイージーモードでした

ISEKAISYOKAN SARETARA MUNOU TO
IWARE OIDASAREMASHITA.

3

WING

Illustration
クロサワテツ

登場人物紹介
アイリス――
晴人の婚約者の一人である、
ペルディス王国の第一王女。
フィーネ――
晴人のよき理解者であり、
彼と婚約した冒険者。
結《ゆう》城《き》晴《はる》人《と》――
クラスごと勇者召喚された高校生。
無能だからと追放されたが、神様
からのお詫びチートで圧倒的な
力を手に入れる。
一《いち》ノ《の》宮《みや》鈴《すず》乃《の》――
晴人のクラスメイトで、
学校一の美少女。

クゼル
グリセント王国騎士団
元副団長の、Aランク冒険者。
マリアナ
晴人を国から追い出した
グリセント王国の第三王女。
エフィル
奴隷となっていたところを
晴人に助けられたエルフの姫。
エイガン
エフィルの故郷の里で
里長を務める青年。

第1話　ペルディス王国を後に

俺《おれ》――結城晴人《ゆうきはると》は、ある日突然、クラス丸ごと異世界に勇者召喚された高校生。

ところがステータスを確認してみると、『勇者』の称号はなく、勇者に与えられるはずの『ギフト』もないことが判明する。

召喚《しょうかん》の主導者であるグリセント王国の王女マリアナに追い出され、騎士によって殺されかけた俺だったが、目の前に神様が現れた。

そしてギフトを与え忘れたお詫《わ》びとして手に入れたのが、あらゆるスキルを作れるスキル万能創造《ばんのうそうぞう》や、すべてを見通すスキル神眼《ゴッドアイ》などのチートスキル。

俺はいつかグリセント王国へ復讐《ふくしゅう》することを誓《ちか》い、元の世界へ帰る方法も探しつつ、冒険者として活動することにしたのだった。

拠点を隣国ペルディス王国に移した俺は、魔物の大量発生による王都壊滅を防いだ功績により、前例のない世界最高峰の冒険者ランク『ＥＸ』を授けられた。

褒美《ほうび》として屋敷を手に入れ、同じ冒険者のフィーネと、ペルディス王国の第一王女アイリス、そのお付きのアーシャ、そして新たに雇った執事やメイドとともに生活を始めた俺。

ある日俺は、奴隷商で売られていたエルフ、エフィルを助けたところ、彼女の故郷であるエルフの里がグリセント王国によって攻められたことを知る。

元クラスメイトの勇者と再会し、仲間に引き入れた俺は、エルフの里とグリセントの王都を目指して、ペルディス王国を出ることにしたのだった。


そうして迎えた、出発当日の朝。

「セバスにライラ、ミア、行ってくるよ」

「はい、お気を付けて」

「「お気を付けて」」

馬車の御者台《ぎょしゃだい》に座った俺は、俺の屋敷で働いている執事のセバスとメイドのライラ、ミアに声をかけた。

先に御者台に座っていたフィーネも、三人にぺこりと頭を下げる。

「さぁマグロ、出発だ」

俺が声をかけると、馬車を引く俺の愛馬、マグロは嘶《いなな》きを上げた。

今回同行するアイリスとアーシャ、エフィル、それから元クラスメイトの勇者である一ノ宮鈴乃《いちのみやすずの》、天堂光司《てんどうこうじ》、最上慎弥《もがみしんや》、東雲葵《しののめあおい》、朝倉夏姫《あさくらなつき》には、既に後ろの荷台に乗ってもらっている。ちなみに東雲と朝倉のことは、旅に出るのをきっかけに呼び捨てにすることにした。

そんな大所帯の俺たちだが、荷台には荷物も積まないといけないし、かといって八人も乗せられるほど大きな馬車ではない。そこである程度の荷物と数人は荷台に乗せ、残りは荷台の壁から繋《つな》いだ亜空間に入っている。

『亜空間』というのは俺の膨大な魔力と時空魔法によって作り出したもう一つの世界のようなもので、中には広大な草原と、立派な家がある。

フィーネ以外の面々は、初めての亜空間に驚き、その快適さに感激していた。

何かあった時に怪しまれないようにと、荷台の方に数人残るようにしていたのだが、誰《だれ》が荷台に残るか押し付け合いが始まったほどだ。

まぁそんなこんなで、俺たちの新しい旅は順調に始まった。

エフィルの情報によると、エルフの里はトニティア樹海《じゅかい》にあるらしい。

トニティア樹海はペルディス王国とグリセント王国の境にあり、今俺たちがいるペルディスの王都から南下し、国境沿いに西に進むと辿《たど》り着《つ》くそうだ。

樹海まではおよそ一週間、特別急ぎでもないので俺はフィーネと談笑しながらゆっくりと馬車を進めていく。

ちなみにマグロは賢いので、手綱を引かなくても問題ない。自分で考えて行動してくれるし、言うこともしっかり聞いてくれるとても頼りになる相棒だ。

気が付くと太陽が真上に昇っていたので、馬車を道の端に止めて昼食にすることにした。

といってもそこまで大層なものを作る予定はなく、普通のパンとスープで済ませるつもりだ。

皆に亜空間から出てもらい、準備を進めていく。

旅慣れしている俺とフィーネ、森で暮らしていたエフィルが先導して動いていたのだが、意外と天堂たち勇者組もテキパキ動いていた。まぁ、ペルディスに来るまでちゃんと旅してたんだもんな。

そういう意味では、アイリスとアーシャは……この旅で慣れてもらおう。

頑張ってくれているマグロには山盛りの野菜と果物をあげ、俺もパンとスープを出す。

パンはライラの手作りで、スープはパンに合うようコーンスープをチョイスする。

今回の旅では、人数が多いので全食ではないが、あらかじめ屋敷で作ったおいたものを俺の異空間収納に仕舞っている。

時間が経過しない異空間収納のおかげで、パンもスープもできたてのホカホカだ。

俺たちはライラに感謝しながら、あっという間にすべて平らげたのだった。


移動を再開してしばし、なんとなく神眼《ゴッドアイ》でマップを確認してみると、少し先に敵らしき反応があった。

数は十五程度。これだけの数で一緒に行動していて上手く配置もしているようだし、魔物ではなく人間の盗賊だろう。

……旅をする度に、必ずといっていいほど盗賊が出てないか？　気のせいか？

まぁ、数的にはこちらが劣っているが、このメンバーならまず問題ないだろう。俺たちを狙《ねら》った時点で運がなかったと思ってくれ。

とりあえず少し先に盗賊が待ち構えていることを、荷台にいる天堂と鈴乃に報告し、亜空間の中の皆にも伝えるように言う。

そしてその地点まで馬車を走らせると、道を塞《ふさ》ぐように木が倒れていた。

「マグロ、ストップだ」

マグロが俺の指示で停車すると、倒木の両脇の草むらから、盗賊が五人現れた。

マップで確認したところ、残りの盗賊は横と後方に回っているようだ。俺たちを囲むつもりなのだろうが、バレバレである。

「へっへっへ。おい坊主、ここから先には通さないぜ。通りたかったら馬車と荷物をすべて置いていくんだな」

「そこの女と、他にも女がいるならそいつらもだな！」

「そりゃいいぜ！　ぎゃははははは！」

盗賊ってのは、どいつもこいつも似たようなことしか言えないのか？

というか……

「……お前ら武器は？　それに口周りちゃんと拭《ふ》いたか？　何か付いてんぞ」

俺の言葉に、盗賊たちは、互いに顔を見合わせて固まる。

そう。連中は武器を持っていなかった。それだけでなく、直前まで何か食べていたのか、ソースっぽいもので口の周りが汚れていた。

盗賊たちは数秒固まったままだったが、慌てたように草むらへと戻ったかと思うと、武器を手に再び出てきた。

あ、口元が綺麗《きれい》になってる。

「へっへっへ。おい坊主、ここから先には通さないぜ。通りたかったら馬車と荷物をすべて置いていくんだな」

「そこの女と、他にも女がいるならそいつらもだな！」

「そりゃいいぜ！　ぎゃはははは！」

お前ら……

「……さっきのはなかったことにしたのな」

「う、うるせぇ！」

思ったより愉快な奴らである。

そんなくだらないやりとりをしているうちに、荷台の方から鈴乃と天堂が降りてきた。フィーネも御者台から降りて、俺の横に立っている。

盗賊たちはフィーネと鈴乃を品定めするかのように、下卑《げび》た視線を向ける。

「天堂、他の奴らは？」

「ん？　ソファーで寝てた。起こしても起きなかったから置いてきたけど……」

こんな時に呑気《のんき》な奴らだ。

「それで……お前らはやれそうか？」

俺は天堂と鈴乃に含みを持たせて尋ねる。

「僕は人殺しなんて、まだ覚悟が……」

「私も、同じかな」

「……そうか。無理に殺せとは言わない。戻ってろ」

「すまない」

「ごめんね」

まぁ実のところ、俺としては盗賊を殺す気はない。アジトや他の仲間の場所を打ち明けてもらう必要もあるしな。　それに俺だって、積極的に人を殺したいわけじゃないし。

ただ、対人戦に慣れていない二人が戦えば、うっかり相手が死んでしまう可能性だってある。覚悟ができていない状態でそんなことになったら……と考えて、確認を取ったのだ。

二人は深読みして、敵を殺す前提で葛藤《かっとう》していたみたいだけど、いずれにせよ戦わないに越したことはないだろうな。

天堂と鈴乃が荷台に戻っていくのを見て、俺はフィーネに向き直る。

「フィーネ、後ろで荷台の警備をしておいてくれないか？　この人数なら俺一人で大丈夫だけど、念のためな」

「わかりました、敵はお任せします」

「ああ」

フィーネは頷《うなず》いて、荷台の後ろへと移動する。

鈴乃もフィーネも見えなくなってしまったことで、目の前の盗賊たちが不満そうな声を上げた。

「戻っていっちゃうのかよ～」

「でもありゃあ、二人とも上物だぜ！」

「だな、おやびんも喜ぶぜ！」

「その前に俺たちが味見をしてから、な？」

「おまっ、天才かよ!?」

そしてぎゃはははと下品に笑う盗賊たち。

はぁ、本当にこいつら馬鹿なんだな……

だいたい、フィーネと鈴乃をそんな目で見られたこと自体がムカつく。

俺はため息をついて、盗賊たちを睨《にら》みつけた。

第2話　盗賊のアジト

三分後、俺の目の前には土下座をする五人の盗賊がいた。

あれからすぐに前にいた五人が襲いかかってきたので、身体強化した拳《こぶし》で全員の剣を破壊してやった。

そして連中が呆然《ぼうぜん》としている隙《すき》に、馬車に襲いかかろうとしていた残りの盗賊に高速移動のスキル『縮地《しゅくち》』で接近、そのまま気絶させてまとめてロープで拘束し、地面に転がしておいた。

そのころにようやく我に返った五人に向かってスキル『威圧《いあつ》』を発動すると、顔面蒼白《がんめんそうはく》になって土下座をした、というわけだ。

しかもアジトの場所を聞くと、あっさりと答えてくれた。

せっかくなので、案内もしてもらおうか。

「ア、アジトまでの案内、ですかい？」

「ん？　文句あるか？」

そう言って俺は、今度は軽めに威圧する。

「い、いいいいいえとんでもない！　さっ！　俺たちのアジトに案内しますぜ！」

その一人の言葉に、残りの四人が勢いよく頷いた。

さて、アジトとやらに向かいたいが……

俺は一人で向かうことにして、馬車はその場に待機させ、天堂たちに気絶している盗賊を見張らせることにした。

一応「一緒に来るか？」と天堂に聞いてみたんだけど、「やっぱり僕には……」なんて言っていたので置いていくことにした。

まぁ、俺一人で十分だし、無理にやることではないしな。

俺の場合は一度殺されかけたおかげで、甘い考えを捨てて人を殺す覚悟もできたけど……天堂たちはそう簡単にはいかないんだろう。

そんなことを考えながら歩くことしばし、先頭を歩かせていた盗賊が振り向いた。

「兄貴、あそこの洞窟が俺たちのアジトですぜ」

洞窟の入り口には二人の見張りが付いていた。

てか、知らない間に兄貴呼びになっているのはなぜだ……？

「兄貴呼びはやめてくれよ。それと案内どうも」

俺はそう言って、案内してくれた盗賊五人を気絶させてから、簀巻《すま》きにして近くの木に吊《つ》るしておく。

さて、と。

「残りの連中も、この五人みたいに馬鹿なら助かるが……まあ、そんなことがあるわけないか」

俺は独《ひと》り言《ご》ちつつ、雷魔法で二人の見張りを気絶させ、縛ってから近くの草むらに隠して洞窟に入っていく。

洞窟の中は松明《たいまつ》が等間隔で配置されていて、意外と明るい。

気配察知とマップで敵の配置を探ると、中には十人程度しかいないようだった。

きっと、俺が倒した連中が主戦力だったんだろう。

気配遮断を発動し、少し進んだところで、道が二つに分かれていた。

「……どっちだ？　左の方に二人いるみたいだが……」

悩んでいても時間がもったいないので、とりあえず左に進むことにした。

もしかしたら一般人が捕まっているかもしれないし、その場合は悠長《ゆうちょう》にしていられない。

左の道は比較的すぐ、最奥《さいおう》に辿り着いた。

奥の部屋へと続く頑丈そうな鉄の扉は、鍵がかかっているようだった。

力任せに開けたり、刀で鍵を壊したりすれば、音で中の奴らにバレてしまうだろう。

というわけで、ここはスキル『錬成《れんせい》』の出番だな。

ドアノブを握って魔力を流せば、真紅《しんく》のスパークとともに鉄が変形して、扉が解錠《かいじょう》する。

慎重にドアを引いて、中の様子を確認すると――

「――少しは反省したか？」

「本当にすみませんでした！」

赤い髪の女と、土下座をする大男がいた。

両方とも横顔しか見えないが、赤髪の女は強気そうなつり目の美人で、大男の方はいかにも盗賊っぽい、小汚いが筋骨隆々《きんこつりゅうりゅう》な強面《こわもて》野郎だった。

俺は一度扉を閉め深呼吸をする。

えっと、普通に考えれば男の方が盗賊のリーダーなんだろうけど、どんな状況なんだ？

俺は意を決して、再び扉を少しだけ開ける。

……なんか盗賊のリーダーが気絶した状態で縛られてるんだけど。

いや、扉を閉じてまた開くだけの、この短い時間に何があったんだ？

脳内でそんなツッコミを入れていると、美女と目が合った。

——ヤベッ⁉


「誰だ！」

危機察知スキルが警鐘《けいしょう》を鳴らすと同時に、俺の目の前にナイフが飛んでくる。

「うおっ⁉」

扉の隙間を正確に通り抜けてきたナイフを、咄嗟《とっさ》に人差し指と中指の間で挟むことに成功する。

あ、危ねぇ……ツッコミを入れた時に、思わず気配察知が切れたみたいだな。危機察知がなかったらマジでやばかった。

それにしても、こいつは何者だ？

「おい、お前は誰だ？」

ナイフを止められて驚きつつも、そう声をかけてくる美女のステータスを確認してみる。

プライバシー？　いきなり攻撃してきた相手にそんな配慮《はいりょ》はいらないだろ。

名前　：クゼル
レベル：64
年齢　：22
種族　：人間
ユニークスキル：トランス
スキル：剣術Lv5　狂人化　拳闘術Lv6　身体強化Lv6　火魔法Lv3　怪力Lv4
称号　：鮮血姫《スカーレッドプリンセス》、ユニークスキルの使い手、Aランク冒険者

なんだこのステータス。普通に強いじゃん。

しかもユニークスキルまで持ってるな。


〈トランス〉

攻撃力、防御力、素早さが五倍に上昇する。

その代わり、思考力が低下するので自我を抑えきれなくなり暴走することがある。


なるほど、けっこうリスキーだな。

五倍強化はなかなかだが、思考が鈍るのはかなりきつい。

てか称号が怖いったらありゃしない。なんだよ鮮血姫《スカーレッドプリンセス》って！

いや、称号に関しては気にしない方がいいな。ユニークスキルもちょっとヤバそうだし、深く突っ込まない方がよさそうだ。

「おい。何か言ったらどうだ？　お前、盗賊に捕まったわけじゃないだろう？」

そんな美女――クゼルの声で、俺は我に返った。

おっと、ステータスを見ていて返事を忘れてたよ。

「ああ。さっき盗賊に襲われてな。だから仕返しとしてアジトを潰しに来たんだが……あんたも討《とう》伐《ばつ》に来たのか？　賊は何人か残ってるみたいだが、どうする？」

いくつか気配があるが、捕まった一般人なら助ければいいだけだし、盗賊だとしても、リーダーが捕まったことを知れば投降するだろう。

「ん？　ああ、こいつが盗賊のリーダーらしいぞ。捕まっていたのは私だけらしい。で、討伐ってなんのことだ？」

「は？　ここをアジトにしてる盗賊を潰しに来たんじゃないのか？」

「……？」

クゼルは不思議そうに首を傾《かし》げる。

「……そういえば、入り口に盗賊の仲間がいたがどうやってここまで侵入したんだ？　ここの鍵も閉まってたし」

「ああ、私はたまたま近くで野営していたところを攫《さら》われたらしくてな。こいつが襲いかかってきたところで目を覚まして、叩《たた》きのめしてやったんだよ」

俺の疑問に、クゼルは得意げに答える。

寝てるところを攫われて途中で目が覚めないって……盗賊たちの感じからすると変な薬とか魔法を使えそうな奴らはいなそうだし、もしかして単に爆睡《ばくすい》していて気付かなかっただけか？

「そうか。ちなみに、ここからどうやって出るかは考えてたのか？」

「う、うむ！　当然だ！」

なんか偉そうに胸を張ってるけど、この反応……何も考えてなかったな。

やっぱこいつ、アホな子だよ。残念系美女だよ……

俺はため息をついて、頭を切り替える。

「とりあえず話は後だ。今は残りの連中を片付けよう」

「だな……そうそう。君の名前を聞いていなかったな」

「冒険者のハルトだ」

「ハルト？　どっかで聞いた気が……まあいいや。にしても変わった名前だな」

そりゃあ異世界人ですからね。

「よく言われるよ。それであんたは？」

ステータスを見たから知っているけど。

「私はクゼルだ。Aランク冒険者をしている」

「Aか。そりゃ凄いな、頼りにしてるよ。さあ、盗賊狩りの始まりだ」

俺たちは盗賊のリーダーを顔だけ出した状態で地面に埋めてから、残りの賊を始末するために部屋を出た。

さっきの分かれ道まで戻って右に進み、今度は通路の途中で木製の扉を見つける。

マップで確認すると、中にいるのは三人。

慎重に行くためにクゼルに声をかける。

「ここに三に――」

「ゴラァ！」

しかしクゼルは、俺の言葉を最後まで聞く前に、前蹴《まえげ》りで扉を開けて突入していった。

「ちょっ⁉　何してくれてんの⁉」

俺が思わず声を上げる一方で、室内にいた三人の盗賊たちはトランプを片手に持ち、突然扉を蹴り飛ばして現れた美女に驚き固まっていた。そして……

ドゴッ！

ゴベッ！

ベギャッ！

そんな生々しい音を立て、クゼルが三人を気絶させる。まさに秒殺だ。

「お前な、もうちょっと警戒するとかあるだろ」

気絶した連中を縛《しば》りながらクゼルにそう言うが、「警戒なんて必要か？」と言わんばかりに首を傾げられてしまった。

そして残る二部屋でも同じく、俺が人数を伝える前にクゼルが扉を蹴破って、あっという間に盗賊たちを制圧してしまった。

部屋の中の盗賊たちは流石に騒ぎに気付いて警戒していたようだが、その甲斐《かい》むなしく瞬殺されていた。

俺はと言えば、気絶した盗賊を縛るくらいで何もしていない。正直いなくてもよかったんじゃないかと思ったほどだ。

一瞬で制圧を終えた俺たちは、盗賊全員を洞窟から出して、街道まで出て近くの木にぶら下げておいた。

仕上げに『僕たちは悪い盗賊です』と書いた看板を作って、リーダーの首にかける。

これで誰かが見つけてくれるだろう。

一仕事終えて肩を回していると、クゼルが満足げに頷く。

「いやぁ、ハルトがいてくれて助かった」

「俺は何もしてないけどな」

こいつらを運んで吊るすくらいしかしてないぞ。

「いや、私より強い奴が一緒にいてくれるだけで安心感があったぞ」

「……わかるのか？」

「当たり前じゃないか。伊達《だて》にAランク冒険者をやってない。だいたい、私のナイフを止めてたしな」

そういうもんなのか。

「ま、確かにお前よりは強いけどさ……それで、お前はこれからどうするんだ？」

「行く宛のない旅をしてる身だ。とりあえず近くの街を目指すつもりさ」

「そうか、近くに俺たちの馬車を止めてあるんだ。そこで待ってる仲間たちと、最近グリセント王国に襲われたらしい、トニティア樹海のエルフの里を目指してるんだが、よかったら途中まで一緒に行くか？　これも何かの縁だしな」

馬車の止まっている方向を指差しながらの俺の提案に、クゼルは表情を若干曇《くも》らせながら顎《あご》に手を当てる。

「トニティア樹海にあるエルフの里、か……」

「どうした？　何かまずいのか？」

「……私は、そのグリセント王国の元副騎士団長なのだ」

おっと、まさかのカミングアウトだ。

俺より年上とはいえ、この若さで副団長って凄いな。馬鹿なのに。

……じゃなくて、そりゃあエルフの里には行きづらいよな、襲撃した張本人なわけだし。

「なるほどな……それじゃあ先に言っておくが、俺たちの仲間に、そのエルフの里に住んでいた奴がいる。言いたいことはわかるな？」

俺の言葉に、クゼルは目を見開く。

そして申し訳なさそうな表情で、俺がさっき指差した方へ歩き始めた。

「――元副騎士団長とは言ったが、私はエルフの里襲撃の任を与えられた際に騎士団を抜けたから、作戦には参加していないのだ」

話によるとクゼルは、幼少の頃から母親に、エルフは森と平和を愛する種族だと聞かされ育ってきたという。

そして彼女自身、どんな時でも自分を盾にして部下を危機から守る騎士団長のような、誇り高い騎士を目指していた。

そのため、奴隷にするためのエルフの里襲撃作戦を受け入れることなどできなかった。

当然、王から命令された際に反発したのだが、聞き入れられず、作戦は強行されることとなった。

「そんな作戦に参加するわけにもいかないから、騎士団を抜けたのだ。騎士団長ならば作戦を中止にできたかもしれないが、あの方は非常に正義感が強く、元々作戦について聞かされていなかった。それを知らせれば団長は当然反発するだろうし、最悪の場合は王族に殺されてしまうかもしれないから、黙って私だけ出てきたのだ。作戦を止められなかったことは、今でも後悔してるよ」

「そうだったのか……副騎士団長という地位には未練がなかったのか？」

「ああ、誇りを捨てて地位を守るくらいなら、自由に生きたかったんだよ。幸いそれなりに実力があるから、冒険者としてもやっていけるしな」

クゼルは自嘲《じちょう》するように笑う。

「そうか。なら国にも未練はないのか？」

「ないな。母は去年病気で他界したし、父は五年前に魔物に襲われて亡くなっているから、私にはもう、国を出て悲しむような家族はいない。友が全くいないわけではないが……何よりも、私欲を満たすためにエルフの里を襲うような王族と、グリセントという国に失望したからな」

「……そうか」

話を終えたクゼルに、俺は相槌《あいづち》を打つことしかできなかった。

しばし無言が続き、耳に届くのは俺たちの足音と鳥の鳴き声、草木が揺れる音だけだった。

そうして歩き続け、遠くに馬車が見えてきた頃、クゼルが口を開いた。

「ハルト、さっきの答えだが、私もエルフの里に行ってみようと思う。ついていってもいいか？」

「もちろんだ。旅の仲間は多い方が賑《にぎ》やかでいいからな」

「そうだな。私も一人で退屈してたんだ。そう言ってもらえると助かる」

こうして俺とクゼルは馬車に着いたのだった。


「で、この女の人を拾ってきたの？」

そう言って俺を見下ろす鈴乃の目がひどく冷たい。

俺は今、フィーネとアイリス、鈴乃の前で正座をしていた。

皆で撤去《てっきょ》してくれたのだろう、倒木はなくなって、馬車はいつでも出られる状態になっていた。

しかし鈴乃が、馬車に近付いた俺の横にクゼルがいるのを見るなり、「晴人君そこに正座！」と物凄い形相で言ってきたため、こんな状況になっているのだ。

クゼルはといえば、アーシャと話していた。俺を助ける気はないらしい。そもそも興味がないようだ。

「いや待ってくれ。俺が拾ってきたわけじゃない」

俺は必死に、アジトで何があったのか説明する。

「だから！　扉を開けて隙間から見たら盗賊のリーダーが土下座してたんだって！　信じてくれよ！」

しかし誰も彼も、俺の言うことを信じていないのか冷たい目を向けてくる。クゼルも相変わらず、こちらを助ける気はないようだ。誰のせいでこうなってると思ってるんだ。

——それから十分後。

「……なるほど、何があったかはわかりました。でも、だからと言ってやたらと女の人を誘うのはどうかと思いますよ」

頬《ほお》を膨らませるフィーネに、俺は頭を下げる。

「はい……気を付けます」

「私はそこまで増えてほしくないです。だってその……ごにょごにょ」

「ん？」

「な、なんでもないです！」

最後はなんて言っていたのか聞き取れなかったが、フィーネは顔を赤くしたまま馬車に戻っていった。

「ハルト、増えるのはいいとは言ったけどね？　こんなに早く増えるのは……ハルトといられる時間が減っちゃうし……」

「はい！　気を付けます！」

俺は即答だった。いや、だって、な？　アイリスにモジモジされながらそんなことを言われたら、そりゃあもう即答に決まってますよ。はい。

俺の説明で壁はなくなったのか、クゼルは皆と楽しそうに話している。天堂たち勇者組とは直接の面識はなかったようだが、顔は知っていたようで驚いていた。

そして、俺への説教が一段落ついたので、改めて全員に自己紹介してもらうと、クゼルはますます驚いていた。

まぁそうだよな、勇者五人に加えて、ペルディス王国の第一王女、エルフの里の姫までいたら、その反応も納得だ。

とどめに俺がEXランク冒険者であることと、証明として冒険者カードを見せたら、クゼルは完全に言葉を失ってしまった。

黙り込んで俺をまじまじと見ていたクゼルだったが、しばらくして口を開く。

「……聞いたことのある名前だと思っていたが、まさかあのEXランク冒険者だったとは。驚いたよ……あと一つ、気になることがあるのだが」

「どうした?」

クゼルは恐る恐る、といった感じで聞いてくる。

「ハルトの名前は、勇者であるテンドウ殿たちのものと同じで、東にあるジャペン王国で使われているものと似ている気がするのだが……」

「ああ、そうだな。俺もこいつらと一緒に、勇者として召喚されたからな」

「そうなのか……って、えぇぇぇぇぇぇぇぇ!?」

あまりのうるささに俺は両耳を塞いだ。

てか、ジャペン王国ってアレか、東にある日本っぽい文化の国だっけ。

「なるほど、勇者として召喚された者には、ユニークスキルよりも強力なギフトがあると言うからな。ハルトの強さの理由はもしかして……」

「ん？　俺はギフトなんて貰《もら》ってないぞ？」

俺の答えに、クゼルが詰め寄ってきた。

むにゅっという感触とともに、柔らかな双丘《そうきゅう》が押し付けられる。

ふむ……おっぱいは正義！

一部始終を見ていた女性陣からは冷たい視線が突き刺さってくるが、これに関しては不可抗力だ。

これほどのおっぱいが当たって喜ばない男はこの世にはいない。

「――っておい！　聞いているのかハルト!?」

おっと。おっぱいの感触の方に意識が向いてしまったようだ。

「えっと、なんだっけ？」

「ハルトの強さの理由について聞いているのだ」

強さの理由？　んー、なんて言うかな。

「……頑張ったから？」

すみません本当は神様からお詫《チート》びを貰っただけです。

「なぜ疑問形なんだ！　そんなのは理由にはなっていないぞ！」

なぜか怒られてしまった。だって信じてもらえなそうだったし。

「えっと……神様からお詫びスキルを貰って、それからそれなりに頑張ったから？」

「……おい。そんな嘘《うそ》を私が信じるとでも？」

ですよねー、わかってましたとも。

「いや、だってさ？　真っ白な空間に飛ばされて、いきなり現れた髭《ひげ》の爺《じい》さんに『わしは神様。ギフトを付け忘れたお詫びにスキルをあげるね』って言われて、目が覚めたらほんとにスキルがあったんだぞ？　信じるしかなくないか？」

結構端折《はしょ》ったが、だいたい合ってるから大丈夫大丈夫。

「私は神など信じないが……そうか。神様はおじいちゃんなのか」

「そこかよ。てか、そろそろ俺から離れてくれると助かるんだが……皆からの視線が、さ……」

俺の言葉に、クゼルは首を傾げる。

そろそろ気付いてほしい。クゼルの立派な双丘が俺に押し当てられているってことを。

「いやさ……さっきからずっとその、む、胸が当たっているのですが……」

俺がそう言うと、クゼルの顔が赤くなっていき――

「ば、馬鹿者ぉぉぉぉッ！」

「それは理不尽ゴハァァアッ!!」

プロボクサー顔負けの鋭い右ストレートが顔面へと直撃し、俺はその場に倒れ込む。

正直なところ、そこまで痛くはないし避けることもできた。ただ、ここで避けたら、後ろの笑顔が怖い人たちに反省の色なしと見なされて恐ろしいことが起きるに違いない。

「そ、そのようなことは早く言わないか！」

「い、いや？　言おうとはしたよ？　だけど勝てなかったんだよ……」

「何にだ！」

その立派な双丘にです。

俺は立ち上がると、逃げるように仲間であるはずの男性陣のもとへ向かう。

しかし天堂も最上も、俺が近付くと小声で非難してきた。

「晴人君、羨《うらや》ましい！」

「そうだぞ結城！」

「お前ら……まぁたしかに気持ちよかったけど」

俺の言葉に、二人は頬を引きつらせる。

「晴人君。君は今から僕たちの敵だ」

「待て天堂！　早まるな！」

「いや、光司の言う通りだ。だいたい結城、お前は誓いを忘れたって言うのか!?」

「誓いってなんだ!?　いつそんなの立てたんだよ！」

最上に反論するが、首を横に振られる。

「女の子の胸は見守るもの。付き合ってもいないならば決して触るべからず、とな」

「はぁ!? なんだそれ！」

「晴人君、君が誓いを破るなんて見損なったよ……」

「天堂も何言ってんだ？」

途中から声が大きくなっていたのか、女性陣に呆《あき》れたような目で見られたけど気にしないことにしました。


そんな茶番を終え、俺たちは出発した。

しばらくは顔を赤くしていたクゼルだったが、亜空間のことを知ってはしゃいでいた。そして一通り楽しんだ後は、やはり疲れていたのだろう、亜空間内の家の中でゆっくり休んでいる。

それからは何事もなく進み、日が傾き始めたところで俺は馬車を止めた。

「暗くなってきたから、そろそろ夕食にするぞ」

荷台と亜空間にいる皆に声をかけ、夕食の準備を進める。

今日のメニューは唐揚げだったのだが、これがクゼルには好評だった。

「まさか旅の途中でこんなものを食えるなんてな！　干し肉とは大違いだ！」

とのこと。まあ、比較対象が干し肉だったらそうなるか。俺は嫌いじゃないんだけどな、干し肉。

大騒ぎするクゼルを微笑ましく見ながら夕食を終えた俺たちは、寝る準備をする。

せっかく亜空間内の広々した家があるので、馬車の見張りだけ立ててそちらで寝ることにした。

馬車ごと亜空間に送れるんだが、明日の朝、いきなり馬車が出現するところを他人に見られたら面倒だ。ということで、馬車とマグロは出しっぱなしにする。

結界魔法で頑丈な結界を張ってから、有事に備えて見張りを立てておけばいいだろう。

見張り順を決め終えた俺たちは、旅の初日を終えたのだった。

第3話　特訓タイム

それからおよそ一週間、俺たちはいくつかの街に立ち寄りながら、トニティア樹海まで二日程度の街に辿り着いた。

目的のエルフの里はもう目の前ということで、今日このあとは各々自由に休むことにしている。

俺が宿の庭先で体を動かしていると、そこにフィーネと鈴乃、東雲、クゼルがやってきた。どうやら四人も、訓練しに来たらしい。

「ハルトさん、少し組手に付き合ってもらえませんか？」

そしてフィーネはやってくるなり、そんなお願いをしてきた。

特に断る理由もないので快く引き受け、しばらく組手をしていたところで、俺はあることに気付く。

「あれ？　フィーネ、前より動きがよくなってるな」

「はぁ、はぁ、そう、ですか……？」

「ああ、いい感じだぞ！」

「本当ですか？　ありがとうございます！」

息を整えたフィーネは俺の言葉に顔を綻《ほころ》ばせた。

そんな俺たちを見て、クゼルが声をかけてきた。

「ハルト、私も相手をお願いしたいんだが」

「クゼルもか？」

「ああ。先ほどの二人の組手を見ていたら、こう胸から湧《わ》き上がるような、熱い気持ちが抑えられなくなってな！」

「お、おう……」

勢いに引きつつも、クゼルの相手をすることにした。

なんだかんだ言って、クゼルは元副騎士団長でAランク冒険者。かなりの実力者だ。

これはちょっと楽しみだな。

「それでは私は見学していますね！」

フィーネはそう言って、さっきから見学していた鈴乃と東雲の横にちょこんと座る。

それから、俺とクゼルの組手が始まった。

やはりクゼルの実力はなかなかのもので、気を抜くと一撃入れられてしまいそうだった。

組手が終わるころには、久々に汗びっしょりになっていたほどだ。

そんな俺と息も切れ切れなクゼルのもとへ、フィーネがタオルとコップを持ってきてくれた。

「二人ともお疲れ様です。タオルと飲み物を持ってきましたよ」

「ありがとうフィーネ」

「感謝する」

汗を拭きつつ飲み物をゴクッゴクッと勢いよく飲んでいると、鈴乃と東雲の会話が聞こえてきた。

「あそこまでの動きは私たちにはまだ無理、かな……？」

「そうだね。でも私たちもいつかあそこまでできるようにならないと」

「そうだね、頑張ればできるようになるかな？」

「うん。できるよ」

「そっか、なら私頑張るよ！」

そんなほのぼのした会話をする二人を見ながら、俺は心の中でエールを送ったのだった。


そして翌日、俺たちは街を出発した。

道中では魔物が現れたりしたのだが、俺が動く前にクゼルや天堂たちが率先して動いてくれたので、ほとんど俺の出番がなかった。

しかも、俺が警戒を促す前に戦いに行くので、俺のやることと言えばただ手綱を握ることだけになってしまっていた。

「ふあぁ〜……」

そんな状態だったから、昼食を終えて道を進んでいる時に、ついつい欠伸《あくび》が出てしまった。

俺は助手席に座っていたクゼルに振り向く。

「クゼル、少し寝たいから変わってもらっていいか？　眠い……」

「ああ構わない。ゆっくり寝ていてくれ」

「助かる。マグロは頭がいいから、口で言えばだいたいは大丈夫だから」

「わかった」

クゼルに手綱を渡した俺は、何かあった時にすぐに対処できるよう、亜空間に入らずに荷台の長椅子《いす》で横になる。

気持ちいい風と暖かな日差し、そしてガタガタと心地よい馬車の揺れに、俺は睡魔に身を任せるのだった。


「……ふぁ〜」

ゆっくりと目を開けると、既に日が傾き始めているのか、馬車の窓から見る空は茜《あかね》色に染まっていた。

「……やっと起きましたね。ハルトさん、寝すぎですよ？」

その声に上を向けば、フィーネが俺の顔を覗《のぞ》き込んでいた。

……ん？　しかも頭の後ろに何か柔らかい感触が……まさかこれが噂《うわさ》の膝枕《ひざまくら》、なのか？

フィーネの艶《つや》やかな銀髪は、夕日を反射してオレンジ色に光沢を放っている。何やら柔らかい香りが、俺の鼻をくすぐった。このまま目を閉じたいところだが……

「フィーネ、俺どのくらい寝ていた？」

「えっと、四時間くらいだと思いますよ」

ずいぶんと寝ていたようだ。

まだフィーネの膝枕が恋しいが、流石に起き上がるか。

何せ視界の端で、アイリスと鈴乃が羨ましそうにしているからな。近いうちに膝枕させろと言ってきそうだ。

「そうだ。何か変わったことはあったか？」

「……特にありませんでした」

起き上がった俺を名残惜《なごりお》しそうに見ながら、フィーネが答えてくれる。

「ならよかった……そうだ」

フィーネに耳打ちで伝えた。

「今度は二人きりの時に頼むな」

「ふぇっ⁉　は、はい……」

「っと、そろそろ今日の野営場所でも探さないとな」

「は、はぃ……そぅ、ですね」

フィーネの顔は、うっすら赤く染まっている。アイリスと鈴乃の視線が痛いが、気にしないことにした。

しばらく進むと野営にちょうどよさそうな場所があったので、御者をしてくれていたクゼルに声をかけて馬車を止める。

さっそく夕食の準備をしようとしたところで、アイリスが手を挙げた。

「今日は私が作るわ！」

え？　アイリスが？　これまでそんなこと、言ったことなかったのに。

というかそもそも……

「アイリス、料理できるのか？」

「つ、つつ作れるわよ！」

アイリスは真っ平らな胸を張ってそう言い張っているが、たしか出発前に、アイリスの父親であるペルディス王のディランさんから話を聞いたっけ。

◇　◇　◇

出発の前日、ハルトはディランに呼び出されていた。

「――ハルト、頼むからアイリスに料理を教えてやってくれないか？」

そしてディランはハルトが来るなり、そう言って頭を下げた。

「またどうして急に料理なんか？」

ハルトのもっともな質問に、ディランは頭を抱えて震え出す。

「い、以前アイリスが料理を作ってくれたことがあってな」

「へぇ、何を作ったんだ？」

「卵焼きだ。ただな――」

そう前置きして、ディランは語り始めた。


遡《さかのぼ》ること一年前、ディランの部屋にアイリスが現れた。

「パパ！　卵焼きを作ってみたわ！　食べてみて！」

「ほう？　アイリスの手料理か。どれ、一つ味見を――」

そう言って皿を受け取ったディランは、言葉を失ってしまった。

皿に載《の》っていたのは、真っ黒な物体――卵焼きの形をした炭だったからだ。

なぜか紫色のオーラが出ているような気がして、ディランは冷や汗を流す。

「こ、これが卵焼きか？」

「そうよ！　少し失敗しちゃったけどね」

これは『少し』のレベルではないだろう⁉

そう叫びたくなる気持ちを抑えて、ディランは妻のアマリアを見たが、彼女は「あらあらまあまあ」とニコニコしているだけだった。

次にアイリスについてきていたアーシャを見るも、「陛下、私は『自分で味見をしてからの方がいい』とお伝えしました」と言って頭を下げるだけ。

誰も助けてくれないことを悟《さと》ったディランは、覚悟を決めて一切れ口に運ぶ。

卵焼き（？）を噛《か》んだ途端、ガリッという見た目通りの音を立てた。

そして次の瞬間、ディランはバタッと後ろへ倒れた。

「パパ⁉」

「あなた⁉」

「陛下⁉」

急に倒れたディランに、アイリスとアマリア、アーシャの三人が駆け寄る。

「どうしたのパパ！　何があったの⁉」

「ア、アイリスよ……りょ、料理とは奥が深い、ものなの、だ、な……」

ディランは最期の力を振り絞り、その言葉を残して意識を失う。

「パパ⁉　パパーーーッ！」

ディランの部屋に、アイリスの叫び声が虚《むな》しく響いた。


「――ということがあったのだ。ちなみに翌日は起き上がれなかった」

「ま、マジかよ……」

疲れ切った表情のディランに、ハルトはそう返すことしかできなかった。

◇◇◇

……うん、アイリスに料理させたらダメだな。

「アーシャ、ちょっといいか？」

俺は顔を青くしているアーシャを呼び寄せる。

「は、ハルトさん、姫様を止めてください！　このままじゃ皆が……」

「お、落ち着けアーシャ！」

「落ち着いてなんていられますか⁉　あれは、あれはもう毒ですよ……」

この口ぶり、アーシャも食べさせられたことがあるのだろうか？

「それはディランさんから聞いた。だからアーシャに、アイリスの手伝いをしてほしいんだ。必要なら他の人にも頼んでいいから！　頼む！」

「えっ⁉　わ、私がですか⁉」

「頼む！」

俺は全力で頭を下げた。だって仲間がアイリスの手によって倒れるのは見たくないから。

「……わかりました。やりましょう」

アーシャは悩ましそうにしながらも、引き受けてくれた。

手伝うのも嫌なほどなのか？


ディランさんの話やアーシャの反応を見る限り、アイリスの料理能力をスキルレベルで表現するとすれば、マイナス表記になっていることだろう。

というわけで、俺たちは亜空間内のキッチンに移動した。

外の設備で料理してたら、火の調節ができなくて一瞬で炭にしそうだしな。

ちなみにこのキッチンは、日本のシステムキッチンがそのまま再現されているので、コンロやオーブンまである。魔力でなんでも作れるので、もはやなんでもありだ。

天堂たちにはやりすぎだと言われたけど、まぁいいだろう。

そんなわけで、アーシャとともにキッチンに立ったアイリスを、俺も監視することにした。

「アーシャ、何を作ればいいかしら？」

「えーと……ホットケーキ？」

きっとアイリスでも作れそうな簡単なものを選んだんだろうな。ホットケーキは夕飯になるのかという疑問もあるが、炭にならなければいいのだ。

一方で、作るのがホットケーキと聞いたアイリスの反応はと言えば。

「卵を使う料理は得意よ！」

などと言って胸を張っていた。

得意ではないだろ！　と言いかけたが、余計なことを言って拗《す》ねられても面倒なので呑《の》み込んでおく。

アーシャも「そ、そうですか」と頬を引きつらせていたが、それ以上何かを言うつもりはないようだった。

「姫様、ホットケーキの材料はご存知ですか？」

「材料？　そんなの簡単よ。ハルトが教えてくれたもの！　卵だけでしょ？」

「違いますから！　ハルトさん、何を教えてるんですか⁉」

アーシャに睨まれるが、俺は両手を顔の前でぶんぶんと振って否定する。そんなこと言ってないぞ！

「じゃあなんなのよ？」

ちょっぴり不満げなアイリスに、アーシャはコホンと咳払《せきばら》いを一つして材料を挙げていく。

「卵、牛乳、小麦粉、砂糖です」

「どうやって作るの？」

「ではお手本に私が一から作りますので、姫様はしっかり見て覚えてくださいね？」

「覚えるのは得意よ！」

アーシャがジト目になるが、アイリスは気付いていないようだ。

アーシャは気を取り直して材料を用意すると、さっそく作り始める。

「まずはボウルに、小麦粉と牛乳を入れて混ぜます」

「ふむふむ」

「混ぜて小麦粉のダマがなくなったら、次に卵を別のボウルに割って入れます」

「たまご！」

卵に反応するアイリス。それを華麗《かれい》にスルーしてアーシャは調理を続ける。

「その時に黄身と白身で分けて、白身だけを先に入れます」

「なぜそのまま入れないの？」

「ちょっとしたテクニックです。まあ見ていてください」

アーシャはそう言うと、ボウルに入れた卵白を、泡立て器で素早く混ぜ始める。

泡立ち始めた卵白を見て、アイリスは慌てた。

「あ、泡になってるわ！　アーシャ混ぜすぎよ！」

「落ち着いてください。これはメレンゲといいます。メレンゲが完成したら、黄身と砂糖をさっきの小麦粉と牛乳を混ぜたボウルに入れ、また混ぜます」

「へぇ、メレンゲって言うのね……」

アーシャは興味津々《きょうみしんしん》なようで、メレンゲをつつこうとしてアーシャに怒られていた。

「姫様、ハルトさんに美味しい料理を食べてもらいたくないのですか？　ちゃんと聞いてくださらないと、美味しくできませんよ？」

「嫌よ！　ハルトには喜んで食べてほしいわ！」

まぁ、炭でも出てこない限りは喜んで食べると思うけど……

正直、ディランさんの話を聞いてしまったので不安になるのも仕方ないだろう。

「でしたら、しっかりと覚えてくださいね」

アーシャはそう言って、説明を再開する。

「最後にメレンゲを入れて、混ぜ合わせます。この時、混ぜすぎるとメレンゲが潰れてしまうので注意してくださいね」

「わかったわ！」

「……本当ですか？」

「当たり前よ！」

元気よく返事をするアイリスだが、アーシャはまだ不安そうだ。

アイリスがしっかり手順を覚えたか不安なのだろう。

まぁ、隣について教えながら作ってもらえばいいし、そこまで心配しなくていいと思うんだけどな。

「あとは焼くだけですね。油をひいて熱したフライパンに、お玉一杯分の生地を入れます。この時に弱火にしていないと、表面だけが焦げてしまいます。ここからはしばらく放置ですね」

「なるほど……」

数十秒後。表面にぷつぷつと気泡が出てきた。

「生地から気泡が出てきたら、フライ返しで生地の裏を確認します……これくらいの狐《きつね》色なら問題ないので、ひっくり返しましょう。よく見ていてくださいね？」

「わ、わかったわ！」

アイリスが緊張した表情で見つめる中、アーシャは生地をひっくり返す。

そうしてもう半面も焼いて、皿に移してバターとハチミツをかけた。

「これで完成です。どうですか？　簡単でしょ？」

「か、簡単よ！」

アイリスはできたてのホットケーキを凝視《ぎょうし》している。

そんな彼女を見て、アーシャは苦笑する。

「よかったら食べてみ――」

「いいの!?　ありがとう！」

食い気味に答えたアイリスは、「いただきます！」と手を合わせてからホットケーキを一口サイズに切る。

そして嬉《うれ》しそうに口へと運んだ。

「お、美味しい！　こんなにふわっとしてるのね、ハチミツもすごく合うわ」

「同じものを姫様に作っていただきます。見ていたのですからできますよね？」

「もちろんよ！」

アイリスは元気よく答えると、さっそく調理を始める。

ただ、やはり慣れていないためか――

「あっ、小麦粉がこぼれちゃった！」

「卵の殻《から》が入っちゃったわ……」

「砂糖の量、これでいいのかしら」

なんてバタついてしまっていた。

それでも諦《あきら》めることなく、その都度アーシャに助けられながらなんとか生地を完成させた。

そうしてついに、メインイベントである焼きへと入る。

「フライパンに油を少し入れて、あ、あとは……そうだわ、火を弱火にして……」

アイリスはアーシャに言われたことを思い出すように言葉を発しながら、手順通りに進めていく。

生地を流し入れ、気泡が浮かぶまでじっと見つめる。

そしていくつも浮かんできた気泡が弾けるのを確認したアイリスは、フライ返しを手に取った。

「か、確認よ」

裏面は、綺麗な狐色になっている。

「アーシャ、もういいわよね？」

「はい」

アイリスは表情を引き締めてひっくり返してみるのだが……

ベチャッ！

あまり上手くいかず、生地がフライパンの縁《ふち》にあたって形が崩れてしまった。

「あっ。うぅ……」

ショボーンとしてしまうアイリスだったが、すかさずアーシャがフォローする。

「最初はこんなものですよ。徐々に上手くなっていけばいいだけです」

「そ、そうよね！」

結局そのホットケーキは不格好になってしまったが、アイリスはめげずに次々に焼いていく。

結局人数分を焼き上げるまでに、一度も上手くいくことはなかったが、後半はそれなりに綺麗にひっくり返せるようになった。

「できたわ！　どうかしら、アーシャ」

「姫様、お疲れ様でした。まだ完璧《かんぺき》ではありませんが、ものすごく上達したと思いますよ！」

「当たり前よ！」

アーシャがにこやかに答えると、アイリスはドヤ顔で胸を張る。

ま、まぁ、頑張ったもんな。それに炭化してるやつも一枚もないし。

「――皆お待たせ、できたわよ！　ちょっと不格好だけど美味しいはずよ！」

俺たちは全員の分のホットケーキを皿に盛り付け、亜空間から出る。

そうして皆でテーブルに着いたのだが、なぜか誰も手を付けようとせず、全員が俺の方を見ていた。

「どうして食べないんだ？」

俺の疑問に、アーシャが答える。

「姫様は、やはり最初はハルトさんに食べていただきたいのですよ。婚約者ですしね……それに私たちとしても、ハルトさんなら頑丈ですから大丈夫かな、と」

おい待て！　最後に付け加えた言葉、俺完全に毒見係じゃねーか!?

まぁ、前半の言い分はわからないでもない。

アイリスもキラキラした眼差しで、俺が食べるのを今か今かと待っているし。くっ、可愛すぎるだろ！

俺は意を決して、目の前のホットケーキを一口食べた。

「むぐむぐ、ゴクッ……うん。中がフワフワしていてとっても美味しいよ」

お世辞《せじ》ではなく普通に美味しい。多少不格好でも、一口サイズにカットしたら気にならないしな。

アイリスは頬を少し赤く染めて、「あ、ありがとう。また今度作ってあげるわね」と言い、照れ隠しのように自分のホットケーキに手を付ける。

それを皮切りに、皆も食べ始める。

出てくる感想は「美味しい」というものばかりで、やっぱりアイリスは嬉しそうに頬を染めていた。

ディランさんがこの場にいたら、泣いて喜んだんだろうな。

そんな風に、のどかな夜が過ぎていくのだった。

第4話　エルフの里

翌日、俺たちは無事にトニティア樹海に到着した。

「ここがトニティア樹海か……」

樹海という言葉の通り、樹木が生い茂っていて奥の方はほとんど見えない。

背の高い木が多く、中には幹の太さが数メートルあるような大樹まであった。

俺も含めて、エフィル以外の全員がその光景に言葉を失っていた。

自然に圧倒されるっていうのはこういうことなんだろうな。

樹海の中は馬車で進めなそうだったので、マグロには馬車と一緒に亜空間に入ってもらうことにする。

エフィルの話によると、近付けば里の位置はだいたいわかるとのことだったので、彼女を先頭にして進んでいく。

「……そろそろ魔物の気配が多くなってきたな。十分に気を付けてくれ」

俺の言葉に、全員が緊張した面持ちで、周囲を見回しながら進んでいく。

いや、警戒してくれているのはいいんだけどね？

「おーい、周りばかりじゃなくて足元も見ないと――」

俺が言い切る前に、天堂が木の根に躓《つまず》いて転びかけていた。

そんな天堂を見て緊張がほぐれ、程よい緊迫感とともに進む俺たちだったが、エフィルだけはかなり周囲を警戒しているようだ。

もしかして、里を襲われた時の恐怖が蘇《よみが》えってきたのだろうか？

「エフィル、そんなに警戒しなくても大丈夫だ。何かあれば俺たちが守るから」

「は、はい。ありがとうございます」

俺の言葉に、エフィルはホッとした表情になる。

少しでも負担を減らしてあげられていたらいいんだが……

そう思った瞬間、俺の危機察知スキルが反応した。

「――ッ!?」

俺の反応で、あるいは自身で気付いたのだろう。皆が一気に警戒レベルを引き上げ武器を構える。

「敵襲だ！」

俺は結界魔法を発動させつつ、鋭くそう叫ぶ。

次の瞬間、俺たちを囲った結界に何かが当たって地面に落ちる。

見下ろした先にあるのは、シンプルな矢だった。

俺は矢の飛んできた方向を睨みつける。

「そこか！」

枝に紛《まぎ》れていてわかりにくいが、木の上に弓矢を持った男がいた。

俺は身体強化と縮地を併用して、一瞬でその男に詰め寄る。

「――なっ⁉　いつの間に！」

二十代前半くらいに見える男は、焦ったような声を上げる。

持っていた弓を俺に向かって投げつけ、素早くナイフを抜いた男だったが、俺は弓を避けつつ男の後ろに回り込み、組み伏せて拘束した。

「いきなり襲ってきやがって、いったい何者だ？」

俺がそう問いかけた瞬間――

「我らの同胞から手を放せ！」

その声とともに、左右から矢が飛んできた。

咄嗟に避けるも、組み伏せていた男が抜け出して、そのまま仲間のもとへと風魔法で移動してしまった。

「おいおい、先に襲ってきたのはそっちだろう？」

「ふん、我らの土地に足を踏み入れておきながら何を言う！」

ん？『我らの土地』？

よくよく見ると、男たちの耳は尖《とが》っている。まさか……

「もしかしてお前たち――エルフか？」

「そうだ！　我らはこのトニティア樹海に住まうエルフだ」

そうか、全滅したわけじゃなかったのか。

こいつらがトニティア樹海のエルフなら、確認したいことがある。

そう思って口を開こうとしたのだが――

「それになぜ貴様と一緒にいるのか知らんが、我らが『姫』を返してもらう！」

エルフの男はそう言って、再び武器を構えた。

なるほど、エフィルを見て俺たちに攻撃を仕掛けてきたのか。

う～ん、落ち着いて話を聞いてくれそうにもないな。ここで俺がサクッと倒しちゃってもいいんだけど、どうせなら天堂たちにも頑張ってもらおうかな。

俺は木の枝から飛び降りて、皆がいる場所まで戻る。

皆も何が起きているかは見えていたのだろう、慌てることなく、天堂と最上が前に出る。

エルフの三人は俺たちの前まで追ってくると、すかさず矢を放ってくる。

俺がその矢を掴《つか》んで止めている隙に、エルフ三人のうち、両サイドの二人が弓を短剣に持ち替えて突っ込んできた。

次の瞬間、キンッという甲高《かんだか》い音が鳴り響く。

突っ込んでいった天堂が、聖剣でエルフの短剣を受け止めたのだ。天堂はそのまま聖剣の柄でエルフの鳩尾《みぞおち》を殴りつけ、気絶させた。

続けて、ゴンッという鈍い音が響いた。

どうやら最上が、短剣を躱《かわ》してそのまま相手を掴み、背負い投げをしたようだ。

「二人とも手加減できるようになっていて何よりだな」

「やっぱり人を武器で傷つけるのにはまだ抵抗があるからね」

「ああ。俺も咄嗟だったが、なんとか対処ができてよかった」

そんなことを話していると、残るエルフの男性が魔法を放った。

「余裕かましやがって！　――エアアロー！」

「んならこっちも」

俺は無詠唱でエアアローを放ち、あっさりと相殺《そうさい》する。

ついでにもう一発放ったエアアローが、まっすぐにエルフのもとへ飛んでいった。

「なっ⁉　クソッ‼」

エルフは驚きながらも咄嗟に横へと飛び、魔法を回避した。

しかし俺はその背中に回り込み、首に手刀を入れる。

「うっ……」

気絶したのを確認し、俺は三人まとめて縛り上げた。

「……どうする、エフィル？」

俺は皆から守られていたエフェルに、この三人をどうするかを尋ねる。

彼女は心配そうに三人を見ていた。おそらく顔見知りなのだろう。

「い、今の私は奴隷という立場ですし……」

何かをお願いする立場じゃないと、遠慮しているんだな。

「そうか。ならエフィルに命令だ。この三人をどうするか、エフェルに任せる」

「……わかりました。私は、私はこの三人から話を聞きたいと思います」

エフィルは俺の目をまっすぐに見てそう言った。

俺は頷いて、エルフの三人を叩き起こす。

「おい起きろ。いつまで気絶してやがる」

頬をぺちぺちと叩いて起こす。

目を覚ました三人はゆっくりとあたりを見回すと、俺を見て騒ぎ出した。

「お、おい貴様！　早くこのロープを解け！」

「早くしろ！　それに姫様から離れろ！」

「エフィル様！　なぜ人間と一緒にいるのですか！」

うるさかったので一瞬だけ威圧すると、三人は「ひぃっ」と怯《おび》えた声を上げて静かになった。

そこでようやく、エフィルが口を開いた。

「……この人は私の命の恩人で、他の皆も事情を知っていて、私をここに連れてきてくれたの。だからそんなことは言わないでほしい」

　しかしエフィルの言葉を聞いても、エルフたちは信じられないようだった。

「だとしても、です！　人間なんて信用できません！」

「そうです！　この神聖な森に奴らは進軍してきたのです！」

「家族が、友人が目の前で死んでいったのですよ⁉　人間なんて――」

「お願いだから信じて！　この人たちは悪い人たちじゃないの！」

　エフィルが大声を出すのはよほど珍しいのか、三人は唖然《あぜん》とした後、俺たちを睨みつけてきた。

　人間に対する恨みはわからなくはないが、信じてもらわないことには話が進まない。

　それからエフィルが、エルフの里を出てからこれまでに何があったのかを説明して、ようやく三人はこちらを睨むのをやめた。

　しかし完全に信じていいのか決めかねているのだろう、慎重に問いかけてくる。

「……おい。信じていいのだな？」

　真剣な表情で尋ねてくる彼らに、俺も真剣に答える。

「信じろ。嘘はつかない。俺はお前たちの味方だ」

「……わかった」

　三人が納得してくれたのを見て、ロープを解き解放する。

　それからエルフの里へ向かう最中、さっき俺たちを攻撃してきた理由と、エルフの里の現状を聞く。

この三人は里周辺の巡回中だったそうで、エフィルを連れている俺を見つけた一人が、攻撃してきたようだ。

後から攻撃してきた二人は、最初の奴が俺に捕まっているのを見て、攻撃してきたと言う。

三人はエルフの里では実力者のうちに入るというが……まぁ、相手が俺ってのが運がなかったな。

そしてエルフの里の現状だが、攻め込んできた軍は好き放題荒らした後、撤退していったそうだ。

倒れはしたが死んでいなかったり、隠れ通したりした者たちはそれなりにいたものの、里の被害は大きく、犠牲者《ぎせいしゃ》や行方不明者も多くいたという。

なんとか暮らせるくらいまで里を復興したものの、エフィルの消息は掴めていなかった。そんな中、俺たちが現れた……ということらしい。

「そろそろだ」

エルフの里を隠しているという霧の中を進みつつ、現状について聞き終えたあたりで、先頭にいたエルフ——最初に攻撃してきたイケメンで、ターシャルという名前らしい——が口を開く。

特に変わったところはないみたいだけど……と思った次の瞬間、強い光が俺たちを包んだ。

すぐに光は弱まり、顔を覆っていた手をどけると、目の前には美しい光景が広がっていた。

「……綺麗だな」

開けた土地に、細い川が流れ畑もある。

家は地面に建てられたものが多いが、巨木に載るようにして建っているものもあった。

ところどころにある、家が焼け落ちた痕跡《こんせき》や倒れた木々が痛ましいが……

それでもエルフの里は美しく見えた。


里長《さとおさ》に会わせるということで、俺たちは里の中を進んでいた。

当然だが、里の住民から向けられる視線は厳しい。

以前攻め込んできた軍と同じ人間なのだ、それも仕方ないだろう。

しかし彼らの視線は、俺たちとともにいるエフィルに向けられると喜びのものに変わった。

歓声が上がり、里の空気が明るくなったようにも感じる。

なぜ俺たちとともに、という疑問もあるようだが、それ以上にエフィルが戻ってきたことが嬉しいみたいだ。

エフィル、こんなに愛されていたんだな。

「――この家だ」

着いたのは、里の中で一際大きな家の前だった。

ターシャルが里長宅をノックする。

「里長、いらっしゃいますか？　ターシャルです。里長に会わせたい方がおります」

「ん？　少し待て」

すると中から若い男性の声が返ってきた。

待つことしばし、扉を開けて出てきたのは若いイケメンだった。

さっきの声でもしかしてとは思ってたけど、長といえばおじいちゃん、みたいなイメージがあったから驚いた。

「待たせたな、ターシャル。それで会わせたい方、と、は……？」

里長は俺たちを……いや、エフィルを見て目を見開いた。

そしてすぐに、その場で片膝を突いて頭を下げた。

「エフィル様、ご無事で何よりです。エルシャ様、エルバ様のことは残念に思います」

「……エイガン、頭を上げて。皆をまとめてくれてありがとう」

エフィルの言葉に、里長——エイガンが顔を上げてエフィルを見つめる。

「いえ。私は当たり前のことをしたまでです。エフィル様、どうか、どうか我らの長として戻ってきてください！」

「……それはできないわ」

エフィルはそう言って首を横に振った。

そして「なぜ⁉」と言いたげなエイガンに向かって、ゆっくりと言葉を続ける。

「私は死にそうなところをこの方に……ハルト様に救われたのよ。里に何があったのかを知ったハルト様は、私をここまで連れてきてくれたの。だから私は、今後もハルト様についていくつもりだわ」

エフィルの言葉を受け、エイガンが俺たちを見る。

「あなた方が、エフィル様を？」

静かに会話を見守っていた俺は答える。

「そうだ。今にも死にそうな状態で奴隷として売られていたエフィルを、俺が買って治療《ちりょう》したんだよ」

奴隷という言葉に驚いたらしいエイガンは目を見開いてエフィルを見るが、頷き返され、考え込むように目を閉じた。そして数秒後、再び目を開いて俺たちを見た。

「……そうでしたか、わかりました。よければ中に入ってください」

その提案を拒否する理由もなく、俺たち一行とターシャルたち、そしてエイガンとで話し合うことにする。

まずはエフィルが、自分が逃げてから俺に買われるまでの経緯を詳しく説明した。

長いようで短い説明が終わると数分の沈黙が漂う。そんな沈黙の中、エイガンが最初に口を開いた。

「……ハルトさんと言いましたね？」

「ああ」

「挨拶《あいさつ》が遅れて申し訳ございません。私は正式な里長ではなく、里長一家の不在中、代理を務めて

いるエイガンと言いまして、エフィル様の親戚《しんせき》に当たる者です。この度は、我らが姫を助けていただき感謝します」

エイガンが頭を下げると、ターシャルたちも続く。

「頭を上げてくれ。大したことはしていない。それに俺もこの里を襲った連中……グリセント王国には縁があってな」

「なっ、あの軍はグリセントのものだったのですか！　……それで、縁、とは？」

「無能だから、なんて理由であの国を追い出されてな。しかもその後殺されかけて……なんとか生き延びて、ペルディス王国で生活していたんだ」

「そうだったのですか。それは災難でしたね」

まあだいぶ端折《はしょ》ったが、間違ったことは言っていない。

それよりも――

「エイガン、グリセントに復讐したいか？」

俺の言葉に、その場にいたエルフたちがピクリと震え、そして代表するようにエイガンが答えた。

「……もちろんしたいですよ。死んでいった同胞の仇《かたき》を討ちたいと思わないわけがありません」

力強く頷くエルフたちだったが、エイガンは力なく続ける。

「ですが、我々にはその力はありません。あなたも、力がないから追い出されたのでは？」

「ああ、追い出された時はな。だが今の俺にはある。お前たちに手を貸せるくらいはな」

エイガンが確認するように視線を向けると、ターシャルが頷いた。

「刃を交えましたが、その人間は強いです。私が為す術《すべ》もなく拘束されましたから」

「……そうか」

正直、ターシャルたちが実力者だって言うなら、俺一人でもこの里を制圧できると思うんだけど……まあそれは言わない方がいいか。

「で、どうする？　復讐するのか？　しないのか？」

「……少し考えさせてください。私一人で決められることではありませんので――しばらくここでお待ちいただいていいですか？」

そう言ってエイガンは立ち上がり、ターシャルたちを連れて家から出ていった。


三十分ほど待っていると、ターシャルが「ついてきてください」と呼びに来た。

案内されたのは、里の広場。

そこには、沢山のエルフが集まっていた。

ターシャルによると、エイガンが里の全員を集めたらしい。

彼らは俺らの中にエフィルがいるのを見つけると、歓声を上げた。

その大歓声が落ち着いた頃、エイガンが口を開く。

「皆、集まってくれてありがとう。もう知っていると思うが、エフィル様が里に戻られた！　一緒にいる人間たちは、エフィル様を助けてくださった方々だ！」

広場のエルフたちから、複雑な感情のこもった視線を向けられた。

まあ、人間のせいでこうなっているんだから、素直に感謝しきれないところもあるだろう。

「さて、エフィル様が戻った今、尋ねたい。皆は――我々の里を襲った人間に、グリセント王国に復讐したいか？」

エイガンの『復讐』という言葉に、どよめきが広がった。

「里長、復讐とはどういうことですか……？」

「言葉の通りだ。グリセント王国がまた襲ってくる可能性は高い。その前に我らから攻め込み、同胞の、仲間や家族の仇を取るのだ！」

エイガンは力強くそう言うが、不安の声が上がる。

「たしかに復讐はしたいです！　ですが……」

「ああ、だけど俺たちはあの軍にすら対抗しきれなかった」

「それなのに、国を相手取るなんて……結局はまた仲間を失うだけなんじゃ……」

当然かもしれないが、エルフたちは弱気だった。

そこで俺はエイガンの隣に立ち、声を張り上げる。

「確かにお前たちエルフだけじゃ、グリセントを相手取って勝つことはできないだろう！　だが、圧倒的な強さを持つ者が仲間にいたらどうだ？　一人で万の軍を退けられるほどの実力者ならばどうだ？」

いきなり前に立ってそんなことを言った人間《俺》に、非難の目が向けられる。

「見ての通り俺は人間だ。みんな思うところはあるだろう——だが、俺もグリセントに恨みがある。それに仲間になったエフィルを悲しませた連中を許すことはできない……だからお前たちが復讐を望むというのなら、世界最強の俺が力を貸そう！」

そこまで言い切ると、広場は静まり返った。

しばらく沈黙に支配されていたが、エイガンがこちらを睨みつけてくる。

「——ふん。世界最強、だと？　ならばそれ相応の力があるのだな？」

ん？　エイガン、なんか口調が変わった？

まぁ、演説の場を奪った上に、世界最強とか大きいことを言ってたら、キレられてもおかしくはないか。『力がある』とは言ったけど、俺個人の力でなんとかなるみたいな話はしなかったし、もしかしたらペルディスの兵を借りられると思ってた可能性もある。

あと多分、『仲間になったエフィル』とか、俺がエフィルを奴隷として買ったってのがムカついてたのかもしれない。

……俺、けっこう怒らせるようなことしてるな。

だが、ここで俺が引いてやる必要はないな。こうでもしないと説得できないだろうし……というか、エイガンのこの変わりよう、何か企んでるような気がするんだよな～。

「なんだ？　俺を試すのか？　模擬戦でもやるか？」

「……ああ、それはいいな。大口を叩いたこと、後悔させてやろう」

エイガンはこちらを馬鹿にするように鼻で笑った。

「で、何対何の模擬戦にする？」

エイガンはルールを決めようと聞いてくるが、そんなの決まっている。

「こっちは俺一人だ。そっちは何人でもいい」

「なっ⁉　――ふん、いいだろう。後悔するなよ」

エイガンが捨て台詞のようにそう言ったところで、いきなりアイリスに引っ張られて皆のいる場所に連れ戻された。

「何を考えてんのよ！　魔法に長《た》けた種族のエルフ相手に何人でもいいなんて！　いくらハルトが強いからって……」

「そうだぞハルト！　ハルトの実力なら数人を相手取れるかもしれないが、それ以上となると流石に厳しいだろう！」

「お前たちなぁ……」

アイリスとクゼルの言葉に、アーシャやエフィルも頷いている。

クゼル以外は俺の実力を知っているはずだけど……ステータスしか見たことがないし、魔法に長けたエルフが数十人がかりで来たら危ないって思ってるんだろうな。

ただ一人だけ、俺を見る目が違う人物がいた。

フィーネである。

「……フィーネはどう思う？」

「ハルトさんなら勝てます。私は、ハルトさんより強い人はいないと思っていますから。万の魔物の大群を殲滅《せんめつ》したのをこの目で見ましたし、私の愛する人でもあります。信じて待つのも私たちの役目だと思いますよ」

フィーネの言葉に、皆が黙り込んだ。

フィーネは若干だが顔が赤い。普段言わないことを言ったからだろうか？

「――晴人君。僕たちにできることは何かあるか？」

もう誰も反対しないのを確認して、天堂がそう言ってきた。

「そうだな……何があるかわからないから、皆を守っていてくれ。お前は勇者だ。人を殺すための道具ではない。守るのがお前の、お前たち勇者の役目だからな」

俺の言葉に、天堂は何も言うことなく頷いた。

と、おそらく俺たちが話している間にメンバーの選定が終わったのだろう、エイガンが呼びに来た。

「決まったぞ。こちらは五人だ。いいのだな？」

少ないな、もっと大人数で来ると思ったんだが……

「問題ない。どこか開けた場所はあるか？」

「ああ。里の外れに、この広場より大きい更地がある。そこへ行こう」

そうして案内されたのは、かなり開けた場所だった。

もちろん、広場にいた里のエルフたちもついてきている。

俺が更地の中心に向かうと、エルフの集団からも五人出てきたのだが……

「あれ？　エイガン、あんたも戦うのか？」

そう、その中にエイガンがいた。

俺の言葉にエイガンは胸を張って口を開く。

「ああ。こう見えて私は、里では強い方でな。なんだ、怖気付《おじけ》いたか？　世界最強なのだろう？」

「ああ、もちろんだ。俺が負けることはないからな」

その言葉に、エルフたちが怒りの視線を向けてくるが、俺はそれを飄々《ひょうひょう》と受け流す。

そしてお返しとばかりに威圧を発動し――

「さあ、始めようか」

――そう口にするのだった。

第5話　エルフの実力

「それでは――始めっ！」

ターシャルの合図によって、模擬戦が始まる。

その瞬間、エイガンがこちらとの距離を詰めてきた。

短剣による鋭い一撃を右に躱し――

「っと」

エルフの一人が放った矢が眼前に迫っていたので掴み取る。

俺の意識がそちらに向いたのを確認して、エイガンが背後から魔法を放ってくる。

「――エアボム！」

瞬間、背後で風の玉が破裂し衝撃《しょうげき》と砂煙《すなけむり》が俺を襲った。ダメージはほぼないが、視界を奪うつもりなのだろう。

「やっぱりな」

予想通り、短剣が二本、襲いかかってきた。どうやら二人、突撃してきたようだが……

俺は短剣の攻撃をことごとく躱し、結局二人は俺に攻撃を当てることなくその場を離脱した。

と、その時、いつの間にか元の位置に戻っていたエイガンと、こちらに近付かずにいた二人のエルフが詠唱《えいしょう》を終え、魔法を放った。

「――グランドウェーブ！」

「――エアランス」

「――エアアロー！」

エイガンが放ったグランドウェーブは、地面を波打たせる魔法だ。

これで俺の動きを封じ、そこに攻撃を打ち込むという作戦だろう。

二つの魔法が俺に着弾し、激しい音とともに砂煙を立たせる。

「やったか!?」

エルフの一人がそんなことを言ってるけど、それはフラグだぞ。

エイガンが風魔法で砂煙を晴らすと、そこにあったのはボロボロの俺の姿――ではなく、半透明の結界に包まれ、無傷な俺の姿だった。

「……なんだそれは？」

エイガンは全力で放ったはずの攻撃すべてが、見たこともない魔法で防がれたらしいことに気付いて驚きの声を上げた。

一人が放った矢が結界に当たるが、小さな波紋《はもん》が広がるだけで、地面に落ちた。

「ただの結界魔法だよ」

「けっかい、魔法？」

エイガンはきょとんとしている。

「ハルトさん、我々エルフ族は長命で、魔法に精通している種族だ。私自身も長く生きているが、個人で発動できるような結界を張る魔法は聞いたことがない。どういう原理の魔法なんだ？」

へぇ、やっぱり知らないのか。

だが丁寧に教えてやる義理はないので、俺は口元に人差し指を添えてニヤリと笑う。

「秘密だ」

「……そうか。教えてほしければ勝てってことだな」

俺は何も答えず、結界を解除しエルフたちの方に歩み寄る。

すると今度は、エイガンを含めた三人が同時に突っ込んできた。

残る二人のうち、一人は弓を構え、一人は何やら詠唱している。

そちらから飛んでくる矢や魔法をさばきつつ、接近してきた三人の相手をするのだが、これが案外いい連携だった。

一人が気を引き、気配を絶った別の一人が攻撃をしてくる。そちらに対処している間に、もう一人も気配を絶って隙を見て攻撃をしてくる。

中でも攻撃が鋭いのはエイガンで、気合いの入った声とともに放ってきていた。

「はぁっ！」

エイガンの攻撃を刀で逸らし、背後からの突きは屈んで躱す。しかしそこに後衛の二人から魔法が放たれ、前面を結界で防ぐと横合いから剣が振られる。

普通だったら、この連携に反撃するのは難しいだろう。

まぁ正直、俺なら余裕でこの状況を抜け出せるのだが、ここまで見事な連携はなかなかないので、もう少しこの状況を楽しもうと思う。

と、エイガンとともに近接戦闘を仕掛けてきていた二人が、あざけるような笑みを浮かべた。

「先ほどの余裕はどうした？　手も足も出ないではないか！」

「なんとか躱しているが、体はとうに限界だろう！」

「あ？　なんだって？」

ついイラッとしてしまった。

俺の雰囲気が変わったのに気付いたのが、エイガンが二人を怒鳴《どな》りつける。

「馬鹿者！　気付いていないのか!?　アイツはこの状況を楽しんでいるんだぞ！」

「そう見えるだけじゃないのですか？」

「そうです。まあボコボコにするつもりでしたけどね」

そんなナメきった前衛二人の言葉に、後衛の二人も頷いている。

「……話は終わったか？」

俺の質問に答えたのは、エイガンではなくそいつらだった。

「ああ、今から本気出してやるよ」

「お仲間に貴様がボロボロになった姿を見せてやるさ！」

「ふーん。ならさっきより楽しませてくれるんだよな？」

「当たり前だ。ここまでは手加減してやってたんだよ、調子に乗るな！」

俺は呆れてため息をつきながら、少し離れて観戦しているフィーネたちの会話に耳を傾ける。

「あ、アイリスさん、ハルトさん少しイライラしてません？」

「そうね、フィーネ。あれはもう、ご愁傷様《しゅうしょうさま》としか言いようがないわね」

「あれは、うん。わかりやすいよね。私、あんな晴人君見たことないよ？」

「鈴乃もそう思う？　……エルフの里がなくなっちゃったり？」

「な、夏姫!?　そんな、僕たちじゃ晴人君は止められないぞ！　だよな、慎弥!?」

「そうだな光司。全力での攻撃を仕掛ければ……いや、だが……」

お前ら聞こえてるぞ、特に天堂と最上。

だいたいそんなことして、なんの意味があるんだよ……まあ確かに、レベル的に俺が暴れたら誰も止められないと思うけど。そもそも無差別に暴れたりしないわ！

俺はエイガンたちに向けていた威圧をさらに強める。

「うっ、くっ……！」

「な、なんだこの、威圧は……!?」

エイガン以外の四人は、顔を青くして地面に膝と手を突く。エイガンも立っているのがやっとの状況のようだった。

……ってあれ？　天堂と最上にも威圧が向いてたみたいだ、顔を青くしてるな。すまんすまん。

俺は二人を威圧の対象から外し、エイガンたちに声をかける。

「ん？　どうしたんだ地面に手なんか突いて。金貨でも落ちていたのか？　……まさかこの程度の威圧で戦えないなんて言わないよな？　もう少し強めてみようか？」

馬鹿にしたような口調で言えば、案の定、さっきの前衛二人が食いついてきた。単純な奴らだ。

「こ、ここここの程度の威圧、大したものじゃない！」

「そ、そうだ！　ま、まだまだだな！」

「そうなのか？　ならもう少し強くするか」

そう言って威圧を強くしようとした途端、片方が慌てて口を開いた。

「い、いや、流石にそれはちょっと……」

「馬鹿者！　さっきの威圧で力量ははっきりしているだろうが！」

しかしその瞬間、エイガンが怒声を上げた。とうとう後衛にいた二人が俺の威圧に耐えきれずに気絶してしまう。

「お前たち、そんなことだから我々はグリセントに負けたのではないか？」

「それは……」

なぜか説教が始まったので、威圧を解除する。

エイガンはホッとした表情だが、叱《しか》られている前衛二人の姿勢はさっきのままだ。なんか間抜けだな。

そんなことを考えている俺を尻目に、エイガンは言葉を続ける。

「お前らは里の中でも強い。だからこそ、このメンバーに選ばれた……そうだろう？」

「それは、はい……」

「ならば、相手の力量を正しく測れるようになれ。少し挑発されたからってムキになるな……それとハルトさん」

エイガンは俺の方へと向き直る。

「ハルトさんの強さはよくわかりました。ですが挑発は少しは遠慮していただけると……」

「わかったよ。ところで、まだ続けるか？」

エイガンはすぐに首を横に振って否定した。

「もう大丈夫です。私は元々、ハルトさんがどれだけ強いか確認したかっただけですから。里の者たちも信じていないようでしたが、里の強者五人相手にこれだけ力の差を見せつけて、しかも圧倒的に余裕をもって勝ったとなれば、納得していることでしょう」

なるほど、俺の強さを測るついでに、戦力になることを里の全員に認めさせたかったんだな。

そうじゃないと、あの変貌《へんぼう》っぷりは納得できないしな。

「やっぱりそういう意図だったか。なら今日はこれでお終いでいいか？」

「はい。部屋はそうですね……空き家があるので、そちらにお泊まりいただければと……」

「構わない。用意してくれるだけでも助かる」

エイガンはホッとした表情になった後、前衛二人をチラリと見る。

「馬鹿どもは私がしっかりと叱っておきますので」

エイガンの「叱る」という言葉に二人のエルフはビクッと肩を震わせた。

「あー、まあ、程々にしておけよ？」

「わかりました」

満面の笑みを浮かべるエイガンに背を向けて、俺はフィーネたちのもとへ歩いていくのだった。


それから俺たちは、ターシャルに案内されて家に向かった。

何やらエフィルは話し合いがあるらしく、それ以外のメンバーでエフィルの帰りを待つことになった。

まったり談笑している中、天堂が思い出したように聞いてくる。

「そういえば晴人君、僕と慎弥に何か恨みでもあるのかい？」

「え？　どうした急に？」

俺がそう聞き返すと、最上もジト目を向けてくる。

「結城、とぼけようとしても無駄だ。さっきの模擬戦で威圧を俺と光司にも向けたのは、何か言いたいことがあるからだろ？　なあ、あるんだよな？」

天堂と最上はそう言うけど、俺は二人に恨みなどない。

「そんなことない。間違って漏れただけだよ。俺もまだまだだな」

少し申し訳なさそうな表情でそう言うが、ますますジト目を向けてくる天堂。

「僕と慎弥にピンポイントで、かい？」

「そんなこともあるだろ」

「……もうやめだ、やめ」

天堂の口調がいきなり変わった。

「ど、どうした急に？」

しかし天堂は答えず、壁《かべ》に立てかけてあった聖剣を手に取り抜いた。

「ちょっ、天堂？　な、なんで聖剣なんか抜いてるんだ……？」

「いいから表へ出ろ！　今すぐに、だ！」

一歩、また一歩と近寄ってくる天堂に、俺も一歩、また一歩と後ずさる。

「おい晴人……逃げるなよ？」

「お、落ち着け天堂。話せばわかる！」

「落ち着いていられるかぁぁぁあ！」

天堂は聖剣を振りかざして――

俺は隙だらけの天堂の顔へ、異空間収納から取り出したスプレーをプシュッと噴きかけた。

「わっ⁉　な、なん……だ……」

天堂は最後まで言葉を続けられず、その場に崩れ落ちる。

一連の流れを止めもせず見ていた皆は、目を点にしている。

「は、晴人君、何をやったのかな？　かな？」

少し怖い目をした鈴乃が聞いてきたので、俺は手に持っていた小さなそれを見せながら答えた。

「錬成スキルで作った睡眠スプレーを噴きかけただけだ」

名前　：睡眠スプレー
レア度：秘宝級《アーティファクト》
備考　：幾多の睡眠薬を混ぜて作られたワンプッシュタイプの睡眠スプレー。
疲労回復、快眠の効果がある。一瞬で眠り、数時間は起きない。
なお魔物には効果がない。

俺がアイテムの効果を説明すると、皆がドン引きする。

そんな中、ドアをノックしてエフィルが入ってきた。

「ただいま戻りました、た……あの、どうかされましたか？」

倒れている天堂を一瞥《いちべつ》したエフィルが、周囲を見回しながら聞いてくる。

「エフィルおかえり。なんでもないよ。獣が暴れそうだったから眠らせただけだ」

「そうですか……ん？　獣？」

「気にするな……で、なんの話だったんだ？」

「は、はい。それが――」

それからエフィルの話を聞き終わり、俺は頷いた。

「つまり、里のエルフたちを鍛《きた》えてほしいと？」

どうやらグリセントを攻めるにあたって、戦力の底上げをしたいようだ。

確かに今日の五人が最高戦力となると、いくら俺がいるとはいえ、目の届かないところで死人が出そうだ。

「はい。無理なら無理でも……」

エフィルは申し訳なさそうにしているが、エフィルの同族を見殺しになんてできるわけがない。

「話はわかった。俺でよければ鍛えてやる。期間はどれくらいだ？」

「ありがとうございます。期間は一ヶ月と言ってました。それと並行して、準備も整えると」

「うーん。一ヶ月か、戦力になるかギリギリってところだが、大丈夫だろう」

それなら、とフィーネが声を上げた。

「私も一緒に訓練します」

「なら、私は見ているだけで――」

「姫様？」

「わ、私もやるわ！」

「ならば私もご一緒に」

さらにアイリス、アーシャも参加するみたいだ。

二人とも鍛えようと思っていたからちょうどいいな。

それから少し話し合い、クゼルや勇者組も参加することになった。寝ている天堂は強制的に参加決定である。

そして翌日から訓練をスタートすることに決まり、エフィルはエイガンたちにそのことを伝えるために再び家を出て、俺たちは各々の部屋に戻ることにした。


部屋に入った俺は、訓練メニューを考える。

「んー、とりあえずスタミナを付けたいな。樹海を上手く使えればいいんだが……」

俺はマップで樹海の地形を確認し、コースとなるルートを考える。

樹海には魔物もいるそうだし、そいつらを倒しつつ走ることでいい戦闘経験になるだろう。

パーティ単位で動くようにすればチームワークのトレーニングにもなるし、上手くいけば気配察知なんかの戦闘に使えるスキルが身につくかもしれないな。

「とりあえずこのコースで距離は……二十キロでいいか。一キロダッシュしたら一キロランニング──いや、百メトルだな」

こうして俺は訓練メニューを細やかに練るのだった。

第6話　地獄のトレーニング

そして迎えた翌日、俺たちは昨日の広場に集まっていた。

俺は皆の前に立ち、昨日考えた樹海を使った訓練を説明する。

数人でグループになり、魔物を倒しつつ樹海を走るという訓練だ。

「──というわけで、全員にこのメニューをやってもらう。もちろん俺たちも参加する」

しかしそこで、数人のエルフから反論があった。

「我々はエルフだ。この樹海は知り尽くしている！」

「そうだそうだ！」

うーむ。なんのために走るか理解できなかったのか？　ちゃんと聞いてたのかこいつら。

俺は最初に反論してきたエルフへ、亜空間から取り出した石を軽く弾き飛ばした。

エルフは反応できず、額に石が直撃する。そんなに強く弾いてないから、怪我をすることはないだろう。

「ほらな。不意打ちに反応できないじゃないか。だいたい、まずはスタミナ付ける必要があるって聞いてなかったのか？」

「うぐぐ……」

悔しげに唸《うな》るエルフを見ながら、俺は後ろにいた天堂と最上目がけて石を飛ばす。しかし二人とも、変な声を出しながらも飛んできた石をなんとか避けた。

「何するんだよ急に！」

「結城、危ねぇだろうが！」

二人の抗議を無視して、さっきのエルフに声をかける。

「こいつらでも反応できるんだぞ？　負けてて悔しくはないのか？」

「くっ、それは……！」

「悔しいだろ？　だったら俺のメニューを受け入れろ。そうじゃないならお前は一生そのままだ」

「……わかった」

ということで全員納得してくれたので、俺たちは里を出る。

「あ、言い忘れていたけど、魔物の警戒とは別に、たまにさっきみたいに小石を飛ばすから、ちゃんと警戒しとけよー」

全員から文句が飛んでくるが関係ない。実際の戦場では、いつどこから敵の攻撃が飛んでくるかわからないのだから。

その日は一日、樹海のどこかしらから悲鳴が聞こえてきたのだった。


――訓練開始から四日後。


「痛っ」

「うわぁ！」

「あがっ!?」

相変わらず、そんな声が樹海に響き渡っていた。

俺は先頭を走りながら、集中力が切れていそうな頃を見計らって石を投げつけていた。

「枝を避けるのばっかり集中していると、攻撃が来ても避けられないぞー」

そう言いつつ小石を複数投げると、数人は避けるも、後続に直撃する。

まあ、初日なんてほぼ全員避けられてなかったからな。今では集中さえしていればほとんど避けられているし、当たっているのは疲れていたり別の障害に気を取られていたりする時ばかりだ。

そしてその日の午後には、ほとんど全員がどんな状況でも反射的に石を避けるか弾けるようになっていた。

なんだかんだ言って、全員吸収が早いんだよな。

これなら今日の残り時間は魔法と連携の訓練に当てられそうだ。

そう判断した俺は、開けた場所に移動する。

そして訓練内容を話すと、案の定一部のエルフが反発してきた。

「連携なんて余裕だ！」

言うと思ってたよ。

言葉で説明するよりやってみせた方がわかるだろう。

というわけで、フィーネと俺が実践してみせることにした。

まずは少し離れた場所に金属の的を用意して、それに向かって魔法を放つ。

「――ファイヤーボール」

俺の放った炎は的に当たり、すぐに霧散《むさん》する。

何をしたいのかと言いたげなエルフを無視して、俺は何回も炎を放つ。

魔法を撃ち終わった頃には、的は真っ赤になっていた。

「それで？　そこからどうするんだ？」

まあ見てろって。

目配せをすると、今度はフィーネが魔法を撃ち込む。

「――フリーズ！」

赤熱していた金属の的は、フィーネの魔法が当たった途端、ビシッ、ビキバキッという音を立てて亀裂《きれつ》が広がって砕けた。

それを見て、エルフたちが動揺《どうよう》する。

「な、なぜだ⁉」

「そんな弱い攻撃で壊せるわけがないだろ！」

騒ぐエルフたちに、俺は説明してやる。

「そのための連携だ。まぁ、正確に言えば今のは教える連携とはちょっと違うんだけど……二対一でも普通にやっていては倒せないような敵なら、試行錯誤して弱点を突けばいい。弱い魔法でも組み合わせれば強くなるってことだよ。エルフならわかるだろ？」

その言葉に、すべてのエルフが押し黙った。

その脇では天堂たちが、呑気に話している。

「ああ、金属の熱疲労破壊。温度の高い金属を急激に冷やすことで起きた現象だね」

「あれはあれで連携、だよね……」

天堂の言葉に鈴乃が納得する一方で、最上は「なぜそんなことを知ってるんだ？」と言いたげに天堂たちを見ていた。

「授業でやったでしょ？　あっ、でもいつも寝てる人じゃわからないか」

「ね、寝てなんか……」

うん、寝てたなアレは。

そんなクラスメイトたちを横目に、俺はエルフたちに向かって口を開く。

「連携については、今言った通りだ。魔法の組み合わせと攻撃の方法次第で、強い力になる。そして魔法についてだが……これはイメージが大切だ」

意味がわからなかったのか、エルフたちは頭上に疑問符を浮かべている。

そこで俺は質問をしてみる。

「そこの君。魔法を発動するにあたって大切なことはなんだ？」

質問されたエルフは、何を当たり前のことをと言いたげな表情になる。

「それは詠唱を正確に素早く行うことだ。それに精霊との意思疎通を大切にすることだ」

俺はうんうんと頷くが……

「合っているが違うな」

「どういうことです？」

エイガンは首を傾げる。

「そうだな、この中に無詠唱スキルを持っている奴はいるか？」

「ええ、スキル持ちの熟練者が数名います。私もそうですが……中級魔法まででですね」

「そうか。それじゃあまず、熟練者だから無詠唱スキルを得られるわけじゃないってことを覚えてくれ。俺が見つけた方法なら、誰でも無詠唱スキルを獲得できる」

俺の言葉に、エルフたちは目を見開いた。

それはそうだろう、今までの常識を否定され、さらにより強くなる希望まで与えられたのだから。

無詠唱のスキルを獲得させればあとは努力だけ、そこからは本人次第だけどな。

「エイガン。無詠唱で魔法を発動する時、どうやっている？」

「どうやって、ですか？　基本的に詠唱する時と変わらず、その魔法をイメージしていますね。ただ、詠唱をしていないので威力が落ちてしまいますが」

「そうか。その威力が落ちる理由は、詠唱しないと威力が落ちると思い込んでいるからだな。もっとイメージをしっかりすれば、威力は上がるぞ」

「イメージ、ですか？」

俺は頷いて、見本を見せることにした。

「我、汝《なんじ》に命ずる。風の精霊よ、我が敵を穿《うが》ちたまえ——エアショット」

まずは詠唱したエアショットを放つ。そうだな、風の塊が飛んでいくようなイメージだろうか。

直撃した鉄の的は、わずかに凹《へこ》んだ。

「今度は別の、より詳細なイメージで、無詠唱で放つ——エアショット」

今回は、圧縮された空気の塊が弾丸の速度で飛んでいくイメージだ。

すると、さっきよりも大きめの音を立てて的が深く凹んだ。

「ハルトさん、どういうことですか？」

エフィルが俺に尋ねてくる。

「エフィルはエアショットを放つ時、どうイメージしている？」

「私は、風の玉が速く飛んで行くイメージをしていますね」

ふむ。俺のイメージとは違うな。天堂たちにも同じことを聞いてみる。

「僕は空気砲をイメージしてるよ」

エルフたちも、二人のどちらかと似たようなイメージだった。

試しに天堂に、エフィルが言っていたようなイメージでエアショットを撃ってもらうと、的はわずかに凹む。次に自分のイメージでやってもらうと、的はさっきよりは深く凹んだ。

やっぱりイメージが重要だってハッキリわかったな。

「どうだ？　同じ人間が同じ詠唱で魔法を放っても、これだけ違いが出るだろう？」

どよめくエルフたちに、俺は畳《たた》みかける。

「魔法の詠唱ってのは、言葉によってイメージをより固めるために存在しているに過ぎない。逆に言えば、イメージがしっかりしていればしているほど、無詠唱で魔法が発動しやすくなる……慣れは必要だがな。そして、イメージ次第で威力が変わるのも今見せた通り。つまり、しっかりと強力なイメージを持てば、無詠唱で強力な魔法が発動できるようになるってことだな」

俺の言葉に、天堂たちもエルフたちもハッとした表情になる。

「具体的にどうイメージすれば威力が上がるかは、少しずつ教えていくが……まずはエイガン、やってみてくれるか？」

エイガンに俺のイメージを伝えてエアショットを打ってもらうと、的は最初よりも深く凹んだ。

エイガンは驚きに目を見開き、他のエルフたちは俺に頭を下げてきた。

「ハルトさん……いえ、ハルト様、ありがとうございます！　これで私たちはもっと強くなれます！」

『様』呼びはやめてくれ！」

屋敷の連中ならともかく、こんな大勢に「ハルト様」なんて呼ばれたら鳥肌立つわ！

「ですが……」

「とにかく、『様』だけはやめてくれ……」

「……わかりました。では『師匠』と」

「はぁ……わかったよ。もうそれでいいよ」

これは何を言っても変わらないと判断した俺は、諦めることにした。

「これからも、ご指導よろしくお願いします！」

エイガンと他のエルフたちは、深々と頭を下げてきた。

最初に突っかかってきていた連中も、尊敬の眼差しを向けている。

ま、改心したならそれはそれでいいかな？

こうしてエルフたちの訓練はまだまだ続くのであった。

訓練はさらに続き、三週間後。

ほとんどの者が無詠唱スキルをレベル2まで取得し、中には4まで上がった奴もいる。

そのレベル4まで上がった奴というのは、何かと俺に反発していた奴らとターシャル、エイガンたち模擬戦に参加した五人だった。

見返してやろうという気概は伝わっていたが、まさかここまでとは……鍛えた甲斐があったってものだ。

俺は全員を集めた。

「さて、突然だが前回戦った五人には、これから俺と模擬戦をしてもらう。この三週間の訓練でどこまで成長したか確かめるためだ。成長が見られないようなら、訓練を一からやり直しだからな」

その言葉に、ほぼ全員が顔を青くした。そうかそうか、そんなに嫌だったか。

「……なるほど。ならば全力で行かせていただきます」

「全力で来なかったら、最初から訓練をやり直しさせるつもりだったけどな」

やる気満々のエイガンだったが、流石に顔を引きつらせた。

樹海から里に戻り、前回模擬戦で使った更地に向かう。

俺と五人が対峙《たいじ》すると、エルフたちから声援が上がった。

「全力でやれ!」

「そうだ! あんなハードな訓練はもうやりたくない!」

そ、そんなにイヤか？

確かに途中からは魔力切れを起こすまで魔法を使わせたり、乱取り稽古《けいこ》でボコボコにしてたりしたけど……

フィーネはもちろん、天堂たちやクゼルとかも割と平然としてたけど、実はけっこうキツかったのかな？　まぁ、そのおかげでこれだけ強くなったと思ってほしいものだ。

そんなことを考えているうちに、五人が得意とする武器を構える。

「開始の合図はいらないよな？」

「当たり前です」

皆が固唾《かたず》を呑み、空気が張り詰める。

その静寂を破ったのはエイガンだった。

一瞬で俺に肉薄《にくはく》し、短剣を振るう。俺も刀を抜いて防ぐが、パワーでは勝てないと理解しているのだろう、エイガンはすぐに後退した。

次の瞬間には、他の四人が俺の周囲へと展開しており、エイガンとともにそれぞれ魔法を放ってくる。

うん、前よりも魔法の威力が上がっているな。

まぁ、やられてやる義理はないので、それぞれに全く同じ魔法を撃ち返して相殺する。

「流石にそれはチートじゃないかな？」

「ね……私たちもできるのかな？」

「練習すればできるさ」

鈴乃と朝倉がそんな会話をしているのが耳に入ってきたので、答えてやる。

そんな間にも、エルフたちは魔法をどんどん放ってくる。

様々な魔法が飛んでくるのを、俺は愛刀である黒刀紅桜《こくとうべにざくら》で斬《き》って掻《か》き消していく。

と、水の塊を切った途端、その魔法が爆発して霧に包まれた。

すかさず風魔法で霧を散らそうとするが、魔法や矢が飛んできて、接近戦を仕掛けてきた者もいた。視界を奪って畳みかける作戦なのだろう。

「おっと」

しかし俺には気配察知がある。

ことごとく躱し、余裕ができたところで風魔法で霧を晴らした。このままでもいいけど、外から見えなくなってしまうからな。

だがエイガンたちは狼狽《うろた》えることなく攻撃を続ける。

連携も魔法の威力も、前に比べると段違いによくなっている。

「なかなかいい反応だ」

そう褒《ほ》めてやるが、余裕がないのか返事はなかった。

後衛が風を纏《まと》った矢を放ってくるが、俺はそれを愛刀で叩き落とす。

すかさず背後から前衛二人が斬りかかってきたのを躱すと、同時に再び矢が飛んでくる。

再び愛刀で矢を弾いたのだが、ここで気配を消したエイガンが突っ込んできた。

普通なら反応できないようないい連携だが、俺が慌てることはない。

刀を持っていない左手をスキル金剛《こんごう》で硬化して、攻撃を弾こうとした。しかしそこで、エイガンは意外なことに短剣を投げてきた。

反射的に叩き落としたのだが、エイガンは既に離脱している。

「――囮《おとり》か」

次の瞬間、再び周囲に展開していた五人によって、さっきよりも強力な魔法が飛んできた。

着弾し、砂塵《さじん》が舞う。

「やったか⁉」

「だからそれはフラグだって」

しかし当然ながら、俺の結界魔法を砕くことはできていなかった。

砂煙が晴れても平然としている俺を見て、エイガンが呟《つぶや》く。

「やったと思ったのですが……」

「気配の消し方は見事だ。俺も気付くのが遅れた。連携も以前より上手くなってる――さて、そろそろラストだ、しっかり対処しろよ？」

そう言って俺は前回同様、威圧を発動した。

「うっ……」

今回は五人とも耐えるが、これで終わるわけがない。

俺は土と火の複合魔法を発動する。

これは一見するとただの土の塊だが、内部には炎魔法が閉じ込められている。着弾したり破壊されたりした瞬間に、爆発するという代物だ。

ちなみに、この更地には結界魔法を張ってあるから森に延焼する心配はない。

エルフたちは難なく避けるが、爆発したことに目を見開く。

「ッ⁉　これは⁉」

「ハハッ、面白いだろ？　魔法はアレンジするもんだ……当たったら痛いぞ？」

俺はそう笑いつつ、次々に魔法を放っていく。

もちろん、本気で当てたら死んでしまうので、ギリギリ避けられる程度に速度も威力も落としている。

エイガンたちは逃げるばかりで、なかなか反撃の糸口を掴めないようだった。

「次行くぞ？　――真・八岐大蛇《やまたのおろち》！」

俺が発動したのは、ペルディスの王都で使った重力と闇《やみ》と火の複合魔法・八岐大蛇《やまたのおろち》をアレンジした魔法だ。

全身が真っ黒なのは変わらないが、今回は重力魔法で圧縮した土で体を作っている。そして八つの首それぞれが、火、水、風、土、雷、氷、闇、光の、回復以外の基本属性のブレスを吐く。

見たことがない魔法にフィーネ以外の皆が驚く。

フィーネは前に一度見ているからか、そこまで驚いてはいないが、以前と違う姿に首を傾げていた。

「八岐大蛇《やまたのおろち》ってことは、日本神話がモチーフなのかな」

「あ、そうかも」

天堂と鈴乃が、そんな会話をしている。

まぁ、気付くよな。でもちょっと違うんだな。

「行け」

俺が命令すると、八つの首は魔法を放ちつつエイガンたち五人に襲いかかる。

見たことのない魔法に固まっていた五人だが、咄嗟に応戦する。

回避しながらのエルフの攻撃は、八岐大蛇《やまたのおろち》の頭部に傷をつけた……が、その傷は一瞬で塞がってしまった。

「あれはどっちかって言うと……ヒュドラ、かな？」

朝倉の呟きが聞こえた。

お、流石だな。たしか彼女はけっこうなオタクだったから、そういうファンタジー系の知識を持っているのだろう。

ピンとこなかったようで、東雲が首を傾げている。

「ヒュドラ？」

「八岐大蛇《やまたのおろち》には回復能力はないんだけど、猛毒で有名なヒュドラは、その能力が備わっているんだ。切っても切っても再生する、いわゆる不死の能力だよ」

「……チートすぎない？」

「……まあ、結城君だし」

「……それもそうだね」

おいこら納得するな、失礼な。

いや、今はあいつらはどうでもいいや。それよりも、エイガンたちはこの魔法にどう対処するつもりなのか……

八岐大蛇《やまたのおろち》はさらに魔法を放ちながら、エルフたちを追撃する。

「くそっ、この数だと相殺は無理だ！　回避に専念するぞ！」

「ぐぁっ！」

八つの属性をすべて相殺するのは不可能。ここで回避に専念するのは正解だ。

エイガンの指示に従って全員が必死に回避していたが、一人が被弾してしまった。

獲物を見つけたと言わんばかりに、八つの首はその一人に集中する。

その隙に、距離を取ったエルフたちが一斉に攻撃を仕掛けた。

殺到する風を纏った矢を、八岐大蛇《やまたのおろち》は炎のブレスにて焼き払う。

さらに別の首が風の魔法を放ち、炎の勢いが増した。

しかしその中で、八岐大蛇《やまたのおろち》の背を駆け登る者がいた。

そう、エイガンである。

エイガンはそのまま火属性の首元まで移動すると、詠唱していたらしきウィンドカッターを放つ。

八岐大蛇《やまたのおろち》の体は、圧縮した土製だ。そのためそれなりに頑丈になっているのだが、風の刃はあっさりと首を斬り落としていた。

「お、やるじゃないか」

正直なところ、これは予想外だった。

エイガンは笑みを浮かべ、首と一緒に地面へと落ちていく。

しかし次の瞬間、斬り落としたばかりの火属性の首が切断面から生えてきた。

八岐大蛇《やまたのおろち》は生物ではなく、俺が形を作り上げた魔法でしかない。

首を落とされたところで、また生み出してやればいいだけだ。

エイガンの表情が驚きに染まる。

そして着地すると、他のエルフとともに、八岐大蛇《やまたのおろち》から一気に距離を取った。

再び首を狙って奮戦するエルフたちだったが、落としても落としても首は復活する。

魔力を送って回復させているのは俺なので、こちらを狙えばいい。だが、畳みかけるような八岐大蛇《やまたのおろち》の攻撃に、そんな余裕はないようだった。

そんな状況がしばらく続き、そろそろ諦めるかと思ったその時、エイガンが動いた。

四人に何か耳打ちすると、いきなり霧を発生させ、全員で八岐大蛇《やまたのおろち》に突っ込んできたのだ。

今さらそんな作戦を取るなんて、ヤケクソになったのか？

内心がっかりしつつ、首に迎撃させようとした時、五人が予想外の行動を取る。

全員が武器を捨て、拳を振りかぶったのだ。

何をするつもりか気になった俺は、八岐大蛇《やまたのおろち》の動きを一瞬止める。

そして次の瞬間、エルフたちは属性魔力を全力で込めた拳で、一人一本、八岐大蛇《やまたのおろち》の首を吹き飛ばした。

なるほど、魔法ではなく魔力そのものを纏った拳をぶつけ、衝撃の瞬間に魔力を放出したのか。

それであんな威力が出るとはな。

エイガンたちは続けて残りの三本の首も吹き飛ばそうとするが、流石にそれはさせない。

「驚かされたがこれで終わりだな」

残りの土、水、雷の首が一斉に攻撃を放つ。

土を操作して足元を拘束しようとすると、五人は咄嗟に跳躍《ちょうやく》して回避するが、そこへ巨大な水球が襲いかかり五人を呑み込んだ。

「もがっ⁉」

息ができなくなりパニックに陥った五人は、水から出ようと必死にもがく。

すぐに水球が解除されて地面に落とされたものの、呼吸が荒く動くことができずにいる。

その隙に、雷でできた檻《おり》が五人を囲んでいた。

じわじわと狭《せば》まる檻を見て、エイガンは諦めたようにため息をつくのだった。

「……脱出は無理のようだ。師匠、参りました」

エイガンたちの降参により、試合が終了する。

「うーん……まあ合格かな。まだ詰めが甘いところはあるが、それは経験を積むしかないからな。さて、他の連中も試さないとな」

俺はそう言って、エルフたちを見回す。

皆揃《そろ》ってビクッと肩を震わせて顔を青くしたが、試さないという選択肢があるはずがない。

「かかってこい。合格すれば再訓練なしだ！」

俺はそう言って威圧を放つのであった。


数人ずつグループ分けし、模擬戦を複数回行ったのだが——結果は見事、全員合格だった。

エイガンたちほどではないが、全員がかなり戦えるようになっている。

当然、天堂たちにも模擬戦に参加させたが、回避能力や判断能力が向上していた。まあ、まだまだ魔族の四天王にも勝てなそうだが……てか本当に、こいつらで倒せるのか疑問になってきたな。

フィーネもかなり実力が伸びていたし、クゼルは……うん。さらに脳筋になっていた。こいつをAランクにした奴、誰だよ……

第7話　戦力強化

そんな模擬戦の翌日。

一日休養日にしていたのだが、夜になってフィーネが俺の部屋を訪ねてきた。

「ハルトさん、そろそろ一ヶ月になりますが、どうやってグリセントを攻めるのですか？」

部屋に入って椅子に座るなり、そう尋ねてきたフィーネから、俺は顔を背ける。いや、だってなぁ？

フィーネが着ているのは、薄手の白いネグリジェだったのだ。けっこうスケスケである。

部屋に招き入れる時は動揺を隠したけど、流石に直視はできない。

「……この人数で正面から攻めても、数で負ける。でも、城内に忍び込んでしまえば、あとはなんとかなると思うんだ」

「そう簡単に潜入できるのでしょうか？」

そうだな、エルフは魔法に長《た》けている種族。それともう一つ長所があるとすれば……

「エルフは木々の間を移動することに慣れているからな、建物の壁を登るのもそれなりにできるはずだ。となると、隠密行動の訓練を施せば……」

フィーネはいまいち理解できていないようだった。

「明日からまた訓練の開始だ」

「ふふっ、なんだか楽しそうですね」

そう言われて顔に手を当ててると、確かに気付かないうちに口角が上がっていた。

「そうだな。なんだかんだでこの状況を楽しんでいるみたいだ」

「私も見ていて楽しいですよ」

フィーネが微笑む。その笑顔に、俺の心臓の鼓動《こどう》が速まった。

「もう遅いし、そろそろ寝るか」

平静を装いそう口にしたのだが……

「そ、そうですね。私も、そのい、一緒に寝てもいい、ですか？」

「……え？」

頬を上気させて上目遣いでこちらを見つめるフィーネ。

「ダメ、ですか？」

「いや、ダメとかではなくてだな……どうしてか理由を聞いてもいいか？」

「はい。その、み、皆がハルトさんと一緒に、ね、寝てこいって……」

フィーネの目には涙が溜《た》まっている。これを断るわけにはいかないだろう。

俺は意を決して口を開いた。

「わかったよ。一人用のベッドだから狭いけど、大丈夫か？」

「は、はい」

ますます顔を赤くするフィーネと並んでベッドに座る。

なんでもないように振舞っているが、俺の心臓はバクバクだった。

「ハ、ハルトさん」

「どうした？」

「そ、その、目を瞑《つむ》ってくれませんか？」

フィーネは顔を赤くしたまま、真剣な表情で言ってきた。

俺は言われた通りに目を瞑った。

そして——俺の唇に柔らかい感触と微かな熱が伝わった。

数秒、あるいは数分だろうか。短くも長くも感じる時間を経て、その感触が離れていった。

「……え？」

俺は思わず、そんな間抜けな声を漏らす。

一方のフィーネは、おろおろとしながら消え入るような声を出した。

「わ、私、キスとか初めてで、その……」

その言葉に、俺の胸がドキッと高鳴り理性という名の壁が一気に崩れ去っていく。

俺だって男だ。フィーネの想いに答えなくてどうする。

俺は部屋に防音の結界を張り、誰も入ってこられないようにする。

そしてフィーネの肩に手を置いて、そっと桜色の小さな唇へと口づけをした。

「んんっ……!?」

唇が重なる瞬間、フィーネは目を瞑っていた。

そしてそのままフィーネを押し倒す形でベットに倒れ込んだ。

「明かり、消すか？」

「は、はい……そ、それと、や、優しく、お願いします……」

「ああ」

今宵は満月。部屋の灯りが消え窓から月明かりが照らす中、俺とフィーネの影は重なるのであった。


——翌朝。

目が覚めた俺は体を起こした。

俺の隣ですやすやと眠るフィーネは、幸せそうな表情で気持ちよさそうにぐっすりと寝ていた。

「むにゃむにゃ……ハルトしゃん、大好き、です……」

そんなフィーネを見て俺は笑う。きっと幸せな夢を見ているのだろう。

ベッドから抜け出して服を着ながら、昨夜を思い出しつつ俺は呟く。

「本当に俺はフィーネと……だけど、フィーネは本当に俺なんかでよかったのか？」

ベッドに腰かけて頭を優しく撫《な》でてやると、フィーネは俺の手をとって、もう離さないとばかりに強く強く握った。俺のことを慕い、ここまで愛してくれたのだ。そんな考えは無粋か。

と、そこで扉の外から声が聞こえてきた。あー、さっき結界解いたんだっけ。

「ちょっ、押さないでよ!?　バレるじゃない！」

「静かにしろ！　聞こえないじゃないか！」

いや、めっちゃ聞こえてるわ！

「あっ、ちょっとクゼル！　そんなに押さないでよ！」

「私は押してないぞ！　ってうわぁ！」

とうとう扉が開いてしまった。いや、本当に入ってくるのかよ！

一番手前にいた最上が部屋に入ってきた瞬間、俺は縮地で接近して腹パンを喰《く》らわせた。

ドスッという鈍い音とともに最上は白目を剥《む》いて気絶する。

今のフィーネの格好を見せるわけにはいかないからな、許せ最上……まぁ入ってくる奴が悪いんだが。

俺は最上と一緒に部屋になだれ込んできたアイリスに鈴乃、クゼル、エフィル、朝倉の五人に目をやる。

「……よし。訓練前に少し、遊ぶか？」

五人は気絶している最上を一瞥して——全力で首を横に振った。

絶対に遊ぶだけでは済まないことがわかっているのだろう。

「昨夜そこにいたのはわかってた。だから結界を張ったんだ」

アイリスが小声で「だから聞こえなかったのね」と残念そうに呟いた。

「アイリスさん、あなたまだ子供ですよね？　そういうのに興味があるお年頃なのかな？

「天堂と東雲がいないな。アイツらのことだからこうなることを見越してただろうな」

「だから逃げるように外に出ていったのかぁ……」

朝倉にそう言われたので窓から外を見ると、二人揃って訓練をしていた。

「ふあぁ〜……あ、あれ？　皆さんこんなところに集まってどうしました？」

まだ眠いのか、フィーネは目を擦りながら起き上がってそう尋ねてくる。

「い、いや、なんでもないよ!?」

「その前にフィーネ服を着てくれ」

鈴乃が顔を赤らめているので、俺は服をフィーネに投げ渡す。

そこで自分の格好に気付いたフィーネは顔を赤くした。

「そ、そそその——」

「やけに肌がツヤツヤしてます」

エフィルがジト目を向けながらそう呟いた。

「たしかに」

クゼルもその言葉にうむうむと頷く。

「い、いや、こ、これは、その……ハルトさん！」

フィーネの顔がさらに真っ赤に染まり、とうとう俺に助けを求めてきた。

「はぁ……お前らいいから出てけ。訓練メニュー倍にするぞ」

それを聞いた五人は「直《ただ》ちに！」と息を合わせて即答した。

そしてクゼルが気絶している最上の首元を引っ張って、五人は部屋を出ていくのだった。

「朝から騒がしいな……」

「そうですね」

フィーネの顔はまだ少し赤かったが、どこか楽しそうだった。


その日の訓練（隠密行動も訓練内容に加えた）が終わったところで、エイガンたちエルフを集めて作戦会議をした。

「国に入ること自体は簡単だ。問題は城への潜入だな」

「城、ですか」

少し考え込む様子を見せてからエイガンが答えた。

「できると思い――できます！」

エイガンの言葉に他の者たちも頷いた。

それだけの努力をしてきた自負があるのだろう、頼もしい限りだ。

「よく言った。今回は城内を素早く制圧する必要がある。協力を頼むぞ」

まあ一人で城を制圧するのは簡単だが、これはエルフの復讐でもある。俺一人でやるわけにはいかないのだ。

「はい！　お任せください！」

「ならそれで決まりだ。決行日時はエイガンに任せる」

エイガンたちの話し合いの結果――

「一週間で準備を終え、決行は十日後の夜でいかがでしょうか」

夜襲か。夜の警備は厳重だと思うが……今のこいつらなら余裕だろう。

「それで行こう。だが準備に充《あ》てる一週間、鍛錬《たんれん》だけは怠るなよ。体が鈍ると戦闘に影響が出る」

「わかってます。それは十分思い知らされましたから」

その日の会議はそれで解散となった。

俺たちは俺たちにできることをするだけだ。

それから一週間、俺たちは特別準備することはないので訓練を続けた。

この一ヶ月の鍛錬で、一番成長したのはアイリスだった。

名前　：アイリス・アークライド・ペルディス
レベル：46
年齢　：14
種族　：人間
ユニークスキル：疾風迅雷《しっぷうじんらい》
スキル：剣術Lv5　身体強化Lv5　雷魔法Lv4　風魔法Lv4　二刀流Lv4　社交術Lv8
称号　：ペルディス王国第一王女、晴人の婚約者、ユニークスキルの使い手

再会した頃の天堂たちよりも強くなっている。

天堂たち以外のクラスメイト――勇者がこれ以上強くなっているとは考えづらいし、これなら勇者二人を相手取るくらいは大丈夫そうだな。

前までは模擬戦に誘っても嫌がってたが、今となってはアイリスの方から積極的に誘ってくるくらいだ。クゼルみたいな脳筋にならないことを祈るしかない。

スキルにある二刀流は、俺が使っているのを見て「私も二刀流がいい！」と言い出したので教えてみたら、短時間でスキルを取得したのだ。才能があったみたいだな。
そしてユニークスキルもなかなか強力だ。

〈疾風迅雷〉
雷の化身と化す。
俊敏性と反応速度が四倍に強化。
風魔法、雷魔法の威力を三倍強化。身体能力スキルが三倍強化。

そして武器についても、刀は使いづらいと言うので、剣を二振り作ってやった。

名前：魔剣トニトルス
レア度：幻想級《ファンタズマ》
備考：雷魔法の威力が二倍上昇。
魔剣テンペストと同時に装備することで身体能力が二倍になる。
晴人により打たれた魔剣。

名前：魔剣テンペスト

レア度：幻想級《ファンタズマ》
備考　：風魔法の威力が二倍上昇。
魔剣トニトルスと同時に装備することで身体能力が二倍になる。
晴人により打たれた魔剣。

片方だけでも十分強いのだが、同時に装備することで相乗効果のある、二振りで一セットの魔剣だ。

アイリスは剣を受け取った時は子供のように喜んでいたが、能力を教えたら固まっていた。

だが、今となってはかなり使いこなしている。

今もアイリスと模擬戦をしているのだが、時々いい攻撃をしてくるのだ。

「隙あり！」

「おっと、危ない危ない」

俺はそう言って、スキル金剛で部分硬化した手でアイリスの剣を逸らし回避し、後ろへ飛ぶ。

「危うく斬られるところだったよ」

「全然危うくないじゃない！　なんで素手で魔剣を逸らせるのよ！」

「それは実力だな」

「もうっ！　今度は本気で行くからね！　やめてくれって言ってもやめないから！」

あれ？　怒っている、のか？

暴風が吹き荒れ、アイリスは雷を纏った。

次の瞬間、俺の目の前に剣が迫っていた。

しかし俺は愛刀ではなく、咄嗟に出したただの鉄の剣で受け止めた。

「なんでただの鉄剣で受け止められるのよ！」

「技量かな？」

本当は剣に膨大な魔力を流して強化したんだけど。

アイリスは全速力で剣を振るうが、すべて俺に防がれる。

「んー。正確になってきたけど、まだまだ無駄が多いかな」

そう言って俺も剣速を速める。

「うそ……なんでそんなに速いのよ」

「俺だって少しばかり本気出せばこんなもんだぞ。てか身体強化も使ってないんだが……」

その言葉にアイリスの動きが一瞬だが止まった。

「……え？」

俺はその一瞬の隙を見逃さず、剣を首へと突きつける。

「はい終わりな。だけど前より強くなったな」

「……それよりも身体強化、使ってないって本当？」

「ああ本当だ」

アイリスはショボンとしたが、次にはいつもの強気な表情に戻っていた。

「な、なら次は使わせてやるもん！」

「そうだな。楽しみにしてるよ」

そう言って俺はアイリスの頭を撫で微笑んだ。

第8話　いざ王都

そうして迎えた出発当日。

「準備は大丈夫だな？」

「問題ありません」

力強く頷くエイガンたち。頼もしいな。

「よし……それじゃあ、細かい作戦を伝えておこう。まず、移動については徒歩を予定しているが、班を作って三手に分かれたいと思う」

「なるほど、馬車だと目立ちますし、徒歩でもこの人数が固まっていたらどうしても目立ちますからね」

「ああ、その通りだ」

里を守る戦力を残しているとはいえ、それなりの大所帯になる。多少遠回りにはなるが、隊ごとにルートを分散させることで移動時に目立つのを避けることができるだろう。

「そして侵入のルートだが、こちらは天堂たちの情報をもとに経路を決めた。正面となる東、警備が手薄な北と南の三つのルートがあるから、それぞれの班は侵入口に近い道を使って王都に向かってくれ。ちなみに、俺は戦力が多く警備が厳しいという東から入るつもりだ」

「なるほど、そういうことですね……それでは、私、ジル、ガナンが主力の一班として師匠たちに同行しましょう。ファズ、ガーダが主力の二班、三班はドール、ザラを主力として、それぞれ北と南に向かわせましょう」

エルフ同士の相性もあるだろうから、班組みはエイガンに頼もうと思っていたのだが、その前に決めてくれた。

「ありがとうエイガン。各班には、通信用の魔道具を配る予定だ……皆、できるだけ敵兵は殺すな。お前たちの実力なら殺さずに無力化できるはずだ」

ここで死人を出しては、余計な遺恨《いこん》が残ってしまうからな。

気絶させるか眠らせるのが得策だろう。とっておきのアイテム《スプレー》もあることだしな。

皆は力強く頷く。

「さぁ、それじゃあ出発だ！」

「おう！」

――里を出て三日後の昼。

俺たち一班は、グリセントの王都の東側に到着した。

追い出されて以来の王都になるが、これと言って感慨は湧かなかった。まあ、一瞬しかいなかったしな。

作戦決行の夜まで時間があるので、しばらく待機だ。

といってもやることもないので、闇夜でも目立たないように黒い服に着替え、食事をとったら体を休めることにする。

そして夜になると、他の班も到着したと連絡が来た。

周囲はすっかり暗いが、まだまだ王都は明るい。

王都を囲う壁があるので、直接街の明かりが見えているわけではないが、壁の上から光が漏れていた。

さらに時間が経ち、明かりも徐々に弱まって街が寝静まった頃、俺たちは動いた。

俺は通信用魔道具を手に取り告げる。

「――作戦開始だ」

先陣は俺とエイガン。

王都を囲んでいる壁を登っていく。

二十メトル近くある壁だが、ところどころに突起があるお陰で楽に登れる。

壁の上では兵士が二人一組で巡回していたので、壁を登りきる前に止まり、いったんやり過ごす。

そして通り過ぎていったところで一気に壁を登りきり、そのまま背後から兵士を襲撃した。

兵たちが声を上げる前に、俺が一人の首に手刀を入れて気絶させ、エイガンも横っ腹を殴り気絶させていた。

そのまま周囲の安全を確認した俺は、下で待機している皆に合図を送る。

そして全員が登ってきて揃ったところで、事前に決めていたルートに沿って、王城へと向かって駆け出した。

天堂たちの情報から選定したこのルートは、警備兵の死角を突くものになっている。

加えて、明かりのほとんど消えたこの王都では、屋根から屋根へと飛び移る俺たちの姿を捉えられる者はいないだろう。

まあ、こっちに気付いたらしき奴がいたら眠らせるだけなのだが。

移動中、マップを確認するが、他の二班も順調に進んでいるみたいだ。

そうして無事、俺たちは王城の城壁下に到着した。

グリセントの王城は城壁に囲われており、門近く以外には地上に警備はいない。

ただその代わりに、城壁の上には数十メトルの間隔で櫓《やぐら》があり、二人一組で監視を行っていた。

俺たちは展開し、それぞれ櫓に接近するようにして城壁を登っていった。もちろん俺も登っていく。

「ふぁあ～……眠いな」

「しっかりしろ。今は仕事中だ。上の連中に欠伸《あくび》なんかバレたら、タダじゃ済まないぞ」

「そうだな。でも眠いんだから仕方ないだろ？　……おい、何か返事くらいしろよ」

そう言って振り向いた警備兵の視線の先では、相方が倒れている。

「お、おい。どうし……た……」

それに駆け寄った警備兵は、相方と同様に俺からの手刀を受けて気絶した。

「こちらアルファ。クリアだ」

『こちらブラボー。こちらもクリアだ』

『こちらガンマ。こっちもクリアだ』

通信用の魔道具からも、報告が返ってくる。

それぞれの櫓から庭に下りた俺たちは、庭を巡回中の警備兵を気絶させていく。

城内の兵士詰め所についても、他の班から制圧完了の連絡があった。

これで残るは城の内部だけか。

「皆、ご苦労。三班はそのまま待機、城から逃げ出そうとする奴がいたら逃がすなよ。メイドなどの使用人は絶対に殺すな。二班は俺たちの所に来てくれ」

『『ハッ！』』

城の内部構造については、正直俺は詳しくない。まぁ、半日しかいなかったし。

というわけで全員が揃ったところで、事前に天堂たちに作ってもらった地図を広げる。

「計画をもう一度説明する。俺たちの班は王族を捕らえる。二班は一班のサポートとして、城内の兵や使用人たちを拘束してくれ。拘束した王族は、一階のホールに集めてくれ」

マップを使いつつ、天堂たちの情報と照らし合わせることで正確な王族の寝室を割り出し、指示を出していくと、エルフたちは素早く突入していった。

一方で俺とフィーネとアイリス、アーシャ、クゼル、そして天堂たち勇者組は、顔を見られると厄介なのでフードを被り、ホールへと向かう。

途中、先に城に入ったエルフたちが気絶させたのであろう兵士が転がっていたが無視して進む。

辿り着いたホールは見覚えのある場所だった。

前方は少し高くなっており、そこに玉座らしき豪華な椅子がある――そうか、王と謁見した部屋か。

せっかくなのでその椅子に座って、作戦が終わるのを待つことにする。国王が座るための椅子だろうが関係ない。

そしてすぐに、王族を確保したという通信が入った。

俺が思わず口角を上げる一方で、一連の流れを見た天堂たちは冷や汗を流していた。

「なあ晴人君。王族を、殺すのか？」

「さあな。少なくとも俺は復讐のためにここまで来たからな。ただまあ、とりあえず国王は殺す、これは確定だ。あとは知らん。奴隷にするとか？　あー、でも王妃には何もされていないからとりあえずは保留かな」

そんな俺の返答に、天堂たちは何も言い返してこない。

「お前らだってこの国の裏がわかっただろ。俺はこんな国なんか滅んでいいとさえ思ってる。だがそれを決めるのは俺じゃない」

「なら誰が――」

俺よりもふさわしい奴がいるだろ。仲間を、家族を、愛する人を失った奴らが。

「エルフたちだよ。俺よりも復讐の気持ちはあるだろう」

天堂たち勇者組も、フィーネたちも何も言わず、なんとも言えない表情をしていた。

「すまん。お前たちにそんな顔をさせるつもりはなかったんだ」

「いいですよ。ハルトさんの気持ちも十分にわかります。だから気にしないでください」

「ありがとうフィーネ」

それから少しして、寝巻き姿やパンツ一丁で気絶した王族全員が、集められたのだった。もちろんその中には、王女であるマリアナもいた。

最初に目が覚めたのは、なんとも都合がいいことに国王であった。

「こ、ここは……た、たしか黒い影に何かされ気を失っていたはずだが……」

と、そこで国王は周囲を見て状況に気付く。

城にいた王族が全員、拘束された状態で転がっている。

しかもそれを取り囲んでいるのは、全身黒ずくめで、怒りを目に宿したエルフたちだった。

「エ、エエエエエルフ!? な、何をしている！ こんなことをしてタダで済むと思っているのか！ お前ら野蛮な田舎者のエルフは全員処刑——」

そんな国王の言葉を遮ったのは、エルフではなく俺だった。

「黙れよ。お前らが犯してきた罪のことを考えれば、こんなの大したことじゃないだろう。国民に、他国に、他種族にどんなことをしてきたか、よーく思い出すんだな」

そう言いながら俺は、玉座から立ち上がり国王のもとへと近寄る。

「何を言って——ガハッ！」

グリセント国王の腹に俺の足が食い込んだのを見て、さっきの国王の声で目を覚ました他の王族たちは顔を青くさせていた。

それはそうだろう。こいつら王族は、自分が痛みを受けることなど想像したことがない。

グリセント王国において、王族に逆らう者はいない。

仮に王族が間違ったことをしていても、指摘すれば適当な理由をつけて処分されるため、誰も何も言えないのだ。

絶対王政による恐怖支配。それが現在のグリセント王国だった。

俺も天堂たちも運がなかったな、勇者召喚をしたのがこんな国だったなんて。

こいつらのことだ、勇者を戦争の道具としか考えていないだろう。

召喚したのが他の国だったら、また違ったんだろうけど……と、話が逸れたな。

俺の足元に蹲《うずくま》るグリセント国王は、今まで味わったことのないだろう痛みに顔を歪《ゆが》ませていた。

「し、知らん！　私は何も知らな――ふぐぅッ!?」

再度放たれる蹴り。今回は先ほどよりも強めに蹴った。

「嘘言ってんじゃねぇよ。こっちはわかってんだよ。なあクゼル？」

俺が名前を呼ぶと、フードを取ったクゼルが前に出てきた。

「……そうだな。ハルトの言う通りだ」

「あ、あなたはクゼル元副騎士団長。どうしてあなたがここに……？」

今まで黙っていたマリアナが、顔を青くしたまま口を開いた。

「私はそこのハルトと一緒に旅をしているからな」

「ハル、ト……？」

俺は被っていたフードを取って、マリアナに素顔を見せた。

「忘れたとは言わせないぞ？　なぁ？　マリアナ姫」

「――ッ⁉　な、なんで生きて……いや、そもそもなぜここにあなたが⁉」

マリアナさん本音漏れてますよ。てか隠す気ないな。

「なんで生きてるかは秘密。そんでここにいる理由は復讐。それだけだ」

「復讐……」

「エルフを襲った主犯はお前ら王族だって、クゼルから聞いてるからな？　それにエルフから聞いた特徴は、ここの兵士で間違いない。そうだよなエイガン？」

「ええ。道中、騎士や兵士の鎧《よろい》を確認しましたが、我らの里を襲ったのは、間違いなくグリセントでした」

グリセント国王とマリアナ、他の者たちも黙り込む。

「単純でいいじゃないか。ここにいる連中は一部を除いて、ほぼ全員が復讐を望んでる。愛する者、恋人、友達、親友を、大切な人をお前らの手によって奪われた者たちだよ。俺のことはまあマリアナ姫、あんたが一番理解してると思うけどな」

と、そこでグリセント国王が助けを呼ぶために声を張り上げた。

「誰か！　誰かいないのか⁉　侵入者だ！　こいつらを殺せ！　誰か！」

しかしいつまで経っても兵士や騎士は助けに来ない。

「な……なぜ、なぜ誰も来ないのだ……⁉」

その狼狽《ろうばい》する様《さま》が楽しくて、俺は声を上げて笑った。

「なぜ笑っている！　……ッ!?　まさか、貴様！」

「ご明察。全員気絶してるよ、朝までは誰もここに来ないさ。城壁内は兵舎もすべて制圧済みだ」

「なん、だと……!?　いつの間に……」

「さっきだよ。お前らがぐっすりと寝ている間にちょちょっとな」

俺が訓練したとはいえ、ちょっと順調すぎるくらいだったよ。もっとしっかり兵士を鍛えた方がいいんじゃないか？

「あー、それで……お前らの生殺与奪権は俺たちが握ってる。それは理解できるよな？」

「何が、何が目的だ!?　金か？　女か？　地位か？　私ならなんでも用意ができるぞ！　それに今なら許してやる！」

いや、全部いらねーよ……

「残念だな、金には困ってないし、可愛い婚約者たちもいる。地位なんて一番必要ないな……それに『許してやる』だと？　お前、何様のつもりだ？」

さーっと顔を青く、いやそれどころか真っ白にする国王。

しかしそんな状況にもかかわらず、若い男——神眼《ゴッドアイ》でステータスを確認したところ、ヒーリスという名前の第一王子らしい——が、高らかに笑い声を上げた。

第9話　イビル

「くはははっ、お前ら、いい気になるなよ！」

「……なんだ？」

この状況でおかしくなったか？

俺たちの視線を受けながらも、第一王子――ヒーリスは言葉を続ける。

「残念ながら、お前らはもう終わりだ――『全解放』ッ！」

そんな奴の叫び声の後、強化した俺の耳に、心臓の鼓動のようなものが聞こえた。

そして次の瞬間――

「あ、ああ、あぁぁぁあッ！」

ヒーリスの魔力が暴走した……いや、これは意図的に暴走させたのか？

そして同時に、近くにいた他の若い王族たちの魔力も暴走する。

ヒーリスたちの肉体は徐々に大きく、禍々《まがまが》しく変化していった。

そうしてヒーリスたちは異形へと変身を遂げる。

浅黒い皮膚《ひふ》に覆われた筋肉は膨れ上がり、オーガ以上に大きくなる。そして特筆すべき点は、膨大な魔力が全身から溢《あふ》れ出していることだった。

「マダ試作段階ダッタガ、成功シタヨウダ。チカラガ溢レテクル」

そんなヒーリスの言葉は片言だ。

「……なんだそれは？」

勝ち誇ったような顔で、ヒーリスだった化け物は答えた。

「強制増強魔法薬――『イビル』。筋力ト魔力、両方ヲ人外ノレベルマデ高メ、『イビル』トナル薬ダ。変化時ニ、理性ヲ失ウ可能性モアルコト、ソシテ元ノ肉体に戻レナイコトガ難点ダガナ。コノ薬ヲ飲ンダスベテノ者ハ、私ノ合図一ツデ変身スル。私ノ声ガ届クカドウカ、意識ガアルカモ関係ナイ。今頃、王都中デ、エルフノ里襲撃ニ参加シタ私ノ部下ガ、変化シテ暴レテイルダロウ。クハハハッ」

へぇ、こいつがエルフの里を襲撃した兵どもの親玉か。

それに薬とやらの効果は本物のようで、だいぶ強くなったみたいだけどな。

「確かに見た目も人外だな？　鏡、見るか？」

俺の挑発にも、ヒーリスは動じない。周囲の元人間だった王族たちも、こちらを睨みつけたまま動かなかった。全員理性は保ててるみたいだな。

国王を見ると、このことを知っていたのか不敵な笑みを浮かべていた。

国王が容認した研究ってことか？

と、フードを被ったままの天堂が、魔物化した者たちを見て俺に問いかける。

「晴人君、どうする？」

「おそらく暴走した奴らは、そのまま死ぬまで暴れ続けるだろう。そこの王子どもも、今は理性を保てているが、追い詰められたら理性を失って同じことになるだろうな……それならやることは一つしかない」

「……殺すのか？」

この期《ご》に及んで、そんな呑気なことを言っている場合かよとは思うが……まぁそれも天堂のいいところなのかもしれないな。

「そうしないと被害が大きくなる。俺たちを殺して、そこにいる国王たちも殺しかねない」

「……わかった」

天堂と、そして鈴乃たち他の勇者も静かに頷いた。

一方ヒーリスは、不気味に笑って俺たちの会話を聞いていた。

「ククク、ドウスル？　戦ウカ？　ソレトモ逃ゲルカ？　マァ、オ前タチガ逃ゲタトコロデ、追イカケハシナイゾ。暴レハスルガナ」

そう言ってヒーリスは顔を凶悪に歪める。

マップで王都全体を確認すると、街の方では至る所で暴走した奴が暴れ回っているようだ。

当然、逃げるという選択肢はない。

むしろ急いで殺《や》らないと、民に被害が出るばかりだ。

「やっぱり、殺すしかないのか……？」

「天堂、いつまで言ってるんだ！　それでも勇者か!!　国の言いなりになるんじゃなくて、困っている民を、救いを求める民を助けるのが勇者じゃないのか！」

マリアナたちに聞こえないように気を付けつつも、俺は鋭くそう言う。

その俺の言葉に、天堂たちはハッとして顔を見合わせる。

「そのためなら躊躇《ためら》うな！　……もちろん、お前らはまだ人を殺したことがないから迷いがあるだろう。やりたくなければ、殺しは俺たちに任せて一般人を守っていろ」

しかし天堂は俺の言葉を、さっきと打って変わって力強い声で否定する。

覚悟が決まった顔で、武器を携えて。

「いや、覚悟なら今できた。いずれは通る道なんだ。それが今日になったってだけだよ」

「……そうか」

そんな会話を悠長にしていた俺たちにしびれを切らしたのか、イビルとやらに変化したうちの一人が襲いかかってきた。

思ったより動きが速いな。

王やマリアナたちはエルフたちによって、手荒ながらも壁際に退避させられている。罰を受けるまでは死なせない、ということだろうか。

「天堂、鈴乃、最上、朝倉、東雲。ここからは各自の判断に任せる。勇者なら——救え」

俺は襲ってきた一人——いや一体の首を、神速で抜刀して断ち切った。

あっさりと頭が落ち、血しぶきを上げながら残った体が倒れ伏す。

しかし次の瞬間、転がる頭が塵《ちり》となり、倒れていた体が立ち上がった。いつの間にか頭部も再生している。

「……どういうことだ？」

思わずそう呟くと、ヒーリスが笑って答える。

「膨大ナ魔力ニヨッテ、強大ナ再生能力ヲ手ニ入レタノダ」

なるほどな。溢れ出るほどの魔力で、自動的に欠損部位が再生するのか。だが……

俺は再び襲ってきたイビルに向かって、刀を振るう。

「ダカラ無駄ダト言ッテイル」

そうヒーリスが嘲笑《あざわら》うが、俺が納刀した途端——

イビルは細切れになり崩れ、そのまま再生せずに塵となって消えてしまった。

なるほど、やっぱりここまで細切れにすれば再生しないみたいだな。

一瞬で一体の魔物が倒されたことに、ヒーリスは驚きの声を上げた。

「ナニッ!?　……クソッ、我ラの力が通ジヌカ。ナラバ少シデモ多ク、貴様ノ仲間ヲ殺シテヤル！

ククク、ソレニココカラデハ、王都中ノイビルヲ止メルコトハ、デキナイダロウ！」

ゲスな発言をするヒーリスに俺はため息をついた。

「はぁ……どこまで屑《くず》なんだよお前は……」

呆れた俺は、振り返ってエルフたちに告げる。

「お前ら、殲滅の時間だ。王都中に散らばったイビルどもを、一匹たりとも逃がすな。おそらく一対一では五分五分だ、必ず複数で相手しろ。決して油断するな！」

頷くエルフたちに向かって俺は続ける。

「エフィルを守るのは俺に任せろ。王都を片付けたら、この場に戻ってこい。一人として死ぬことは許さん、これは命令だ！　エフィルをこれ以上泣かせるなよ！」

エルフたちは一斉に「了解ッ！」と返事をして、まるで忍者のようにシュンッと姿を消した。

その場に残ったのは、俺たち、王をはじめとした王族、そしてイビルたちのみ。

「エルフ如キに、倒セルワケガナイ」

「そうか。だが俺が鍛えたエルフだ。お前ら魔物モドキに負けるわけがない」

◇◇◇

エイガンたち一班は、王城を抜けて街の屋根の上を駆けていた。

二班は王城の建物内を、三班は王城の城壁の内側にいるイビルを無力化した後、市街地へ向かう予定だ。

既に街ではイビル化した兵士が暴れていて、至る所から悲鳴が上がっている。

警備兵も戦ってはいるが、そもそも警備兵や騎士の中からイビルに変化した者もおり、王都は突如現れた化け物によって混乱していた。

「各自二人一組となって散開。イビル化した奴らを排除せよ！」

エイガンは周囲を見回しつつ、エルフたちにそう指令を出す。

そして向かう先で、一人のまだ幼い女の子へとイビルが巨腕を振り下ろそうとしているのを見つけた。

女の子は恐怖で動けず、母親が助けようと駆け寄っているが、到底間に合わない。

そしてイビルはそのまま、その巨腕を女の子に振り下ろした。

「イズリー！」

母親の悲痛な叫びが響く中、土煙が上がる。

イビルは満足げに、地面にめり込んだ拳を抜くが——そこには女の子の姿どころか、血の一滴すらなかった。

完全に女の子を仕留めたつもりだったイビルも、絶望していた母親すらも困惑した表情を浮かべる中、男の声が響いた。

「子供まで見境なく襲うとは……」

女の子を抱え、母親の隣に現れたのは黒衣の人物——エイガンであった。

「今度はしっかりと手を握っているのだ」

「は、はい。ありがとうございます。ありがとうございます！」

母親はエイガンへと何度も頭を下げる。

「早くここから逃げた方がいい」

「わかりました。あの、お名前は……」

「名乗るほどの者ではない」

それだけ言うとエイガンは武器を構える。

母親はもう一度エイガンに頭を下げると、気絶している娘を連れて立ち去っていった。

「——さて、狩りの始まりだ。行くぞ」

「了解」

エイガンともう一人のエルフは、イビルへと攻撃を開始した。

イビルは近付かれまいと大きく腕を振って応戦するが、エイガンたちにとっては隙でしかない。

一人が駆け出し注意を引き付けるうちに、エイガンがイビルの背後へと一瞬で移動し、その首を刎《は》ねた。

落ちた首が塵となり、巨体が地面へと倒れる。

「さて、こいつが城の中の奴と同じなら——」

そう言うエイガンたちの前で、イビルは頭を再生させて立ち上がる。

「――やはりな。武器を構えろ、再生できなくなるまで斬り刻むぞ！」

「はい！」

二人は武器を構え、獰猛《どうもう》な笑みを浮かべる。それはまるで、獲物を見つけた獣のように。

次の瞬間、二人の姿がその場から掻き消え、イビルの右腕が落ちる。

イビルは再生しようとするが、瞬時に左の腕が落ちる。

そして為す術もなく、左足、右足、首、胴体と斬り刻まれていった。

胴だけとなっても再生するかに見えたが、最後に一撃を食らうと、そのまま塵となって消え去った。

「よし、次だ」

「了解です」

エイガンたちはさらに一体、二体とイビルの数を減らしていくが、かなりの数がイビル化しており、まだまだ大量のイビルが残っていた。

そんな中、少年少女が戦っている姿がエイガンたちの目に入った。

ところどころで戦っている冒険者たちよりも動きがいい。

「……何者だ？」

「わかりません。もしかしたらボスやテンドウさんたちのクラスメイトとかいう奴らでは？」

一部のエルフたちは、この作戦中からなぜか晴人のことをボスと呼び始めていた。

「ふむ。その可能性はあるな――しかしなかなか倒せないようだが、まさか倒し方がわからないのか？」

エイガンの言葉通り、その少年少女は苦戦していた。

「仕方ない。手を貸すぞ」

「わかりました」

二人はそう言って、そちらへと向かうのだった。


「どうして再生するのですか⁉　それにこの魔物はどこから……」

「考えてもわからないものはわからない！　今は倒し方を考えよう！」

「でも、何をやっても再生するんじゃ……」

エイガンたちが見つけたのは、予想通り晴人のクラスメイト――勇者の一団だった。

そしてこちらも予想通り、イビルの倒し方がわからず苦戦していた。

しかし次の瞬間、黒ずくめの二人組が現れ、イビルを細切れにする。

「何が、起きたの……？」

小柄な女性はそう言葉を零すが、我に返って目の前の二人に礼を言う。

「た、助けていただきありがとうございます」

「礼には及ばない」

黒ずくめの片方――エイガンはそっけなく返す。

「あの魔物のことを、何かご存じなのですか？　――あ、私、宇佐美彩香《うさみあやか》と言います。私とここにいる子たちは、この国に召喚された勇者なんです」

勇者たちは先日、国王に呼び出されて王都へ戻ってきたばかりだった。ただ王城の準備も整っておらず、それぞれで宿に泊まっていたところ、この騒ぎに巻き込まれたのだ。

そしてエイガンたちは、宇佐美の話を聞いて納得したように頷き合った。

「ボスが言っていた人たちか……」

「そのようですね」

実はエイガンたちは晴人から、天堂たちと同じく勇者として召喚された者が他にもいること、そして彼らが王都にいるかもしれないことを聞いていた。

そうであれば話は早いと、エイガンは晴人の情報を伏せつつ、この王都に何が起きているのか宇佐美に話す。

自分たちがエルフであり、ある人物の力を借りて、以前この国にエルフの里を襲われた復讐をしに来たこと。そしてこの魔物は、王族が作った薬によって兵士が魔物化したものだということ。

「人が魔物化……それじゃあさっきのあれは……」

呟いたのは宇佐美と行動をともにしていた生徒の一人、折原翔也《おりはらしょうや》であった。

「元『人間』だな。理性を失った魔物だ」

「人間に戻す手段は……」

宇佐美のそんな言葉に、エイガンは首を横に振る。

「それは不可能だ。王子から戻す方法はないと言われているし、もしあったとしても、見境なく人を襲うあいつらは、もはや魔物でしかない」

しかしその言葉を受けても、宇佐美たちは諦めきれない様子だった。

それを見て、エイガンは冷たく言い切る。

「――無駄だ。諦めろ」

「でも――ッ!?」

折原は食い下がろうとするが、エイガンにナイフを突きつけられ言葉を止める。

その威圧のすさまじさに加え、動きが全く見えなかったことで実力の差を理解したのだ。

「くどいぞ、どうやっても人間には戻せない。ああ、このまま放っておいても、奴らは勝手に死ぬぞ。ただしそれを待てば、どれだけ被害が出るかはわからんがな」

「……それは本当ですか？」

「薬を飲ませた張本人の王子が言っていたからな。その王子はボスによって倒されているだろうから安心しろ」

「あの、そのボスって人は？」

「知りたくば明日、他の勇者たちとともに王城に来ることだな」

これもエイガンたちが、晴人から言われていたことだ。万が一勇者と顔を合わせることがあれば、翌日王城に呼ぶように、と。

「……わかりました」

折原は半信半疑ながら、素直に頷く。そして、エイガンをまっすぐに見つめた。

「人々を守るために、殺すしかないというのなら覚悟を決めよう。奴らの倒し方を教えてほしい」

「奴ら――イビルを倒すには、先ほどのように細切れにするしかない。お前たちの力では不安があるから、王都中に散っているエルフと協力しろ」

「わかった。ありがとう」

エイガンたちは折原の礼に頷くと、その場を立ち去った。

――未だ数多く残るイビルを倒すために。

第10話　VS王子

エイガンたちが去った後、二体のイビルが俺たちに向かって襲いかかってきた。

それに、聖剣を抜いた天堂と拳を構えた最上が応戦する。

俺は天堂に、背後から声をかける。

「いけるか？」

「ああ、晴人君。これも僕たち勇者の役目、任せてくれ！」

天堂の目は自信と覚悟で満ちていた。

「わかった」

俺たちがそんな会話を交わす一方で、マリアナが天堂の持つ聖剣を見て目を見開いた。

「そ、その剣は――聖剣ミスティルテイン⁉　テンドウ様が持っているはずでは……⁉」

その言葉に、いまだにフードを被っていた天堂はとうとう外した。

それに合わせて、まだフードを被っていた全員がそれを外す。

「あ、あなたは、テンドウ様⁉　それにモガミ様たちまで！　なぜ、ユウキ様と一緒に……？　ペルディス王国のアイリス王女も……一体どうしてっ⁉」

混乱するマリアナへ、天堂が堂々と告げた。

「正義のために戦いたいと思ったからです。自分が信じる正義を貫き通すために！」

それに続いて、最上に鈴乃、東雲、朝倉が口を開いた。

「俺も自分の正義を信じるぜ！」

「私も晴人君のために戦う！」

「あなたたちの所業。どうやっても許されない罪」

「私も自分の正義を信じるよ！」

そう言って、イビルとの戦いに参戦していく。

そしてアイリスは、マリアナに向かって言い放った。

「あら、ご無沙汰《ぶさた》してますねマリアナ姫。お元気ですか？」

「く、この状況でそう見えるのですか⁉」

アイリス、けっこう煽《あお》りスキル高い？

「い、いえ、それよりも！　テンドウ様たちは、私たちグリセント王国を裏切るつもりですか⁉」

アイリスは「それよりもって……」と言ってショボンと落ち込んでいた。

天堂はイビルから距離を取り、マリアナの問いに答える。

「裏切ってなんかいませんよ」

「ならばどうして……」

「それが僕の信じる『正義』だからです！」

「くっ……！　そ、そうです！　仲間はどうするのですか⁉　裏切るおつもりですか！　今、城下に集まっているのですよ！」

仲間ってのは、他の勇者たちのことだろうな。

だけど天堂は動じずに、堂々と答えた。

「彼らなら、ちゃんと話せば僕たちの行動を理解してくれるはずです。あなたたちの行いをすべて話せば、確実にね」

マリアナはその言葉に何も言い返せず、黙り込んでしまった。

そんな彼女を放置して、天堂たち五人は、二体のイビルをホールの端に誘導し、本格的な戦闘に移るのだった。

それにしても、勇者全員が王都に集まっているとは意外だったな。旅に出たって聞いてたし、それでも何人かいるかもしれないとは考えていたが……何か目的があって集められてたんだろうか？

まぁ、城の中に誰もいなくてよかったと思おう。もっとちゃんと、王都内をマップで確認しておけばよかったな……と、それは今はどうでもいいか。

「おい、そこの三下《さんした》魔物王子」

俺の言葉に、ヒーリスはこめかみをピクピクさせる。

別に間違ったことは言ってないし、怒ってなんていないはずだ……多分。

「……ナンダ？　死ニタクナッタカ？」

これは怒っている。うん。確実に怒っている。

「とりあえず、この王都にいるイビル化した奴らは殺す。もちろん——お前もだ」

「ワタシヲ倒セルノカ？」

「倒せるさ。アイリスにだってお前は倒せる」

「生意気ナ！　隣国の王女ダカラ、アイリス姫ノコトハ昔カラ知ッテイルガ、ソノヨウナ力ハ持ッテイナイ！」

ヒーリスの怒りの声に反応してか、ヒーリス以外に残っていたイビルの最後の一体が、こちらへと襲いかかってきた。

すかさずアイリスが飛び出し、魔剣トニトルスを抜いた。

そしてそのままイビルに突っ込んでいき、すり抜けざまに一撃を食らわせる。

剣の軌道には雷が残り、アイリスが納刀した瞬間、イビルの片腕が落ちた。切り口は、雷の高温によって焼け焦げたようになっている。

しかし、先ほど俺が首を落とした時のように、落ちた腕が塵となって消え、同時に腕がまた生えてくる。

「やっぱり厄介ね……」

再生したイビルは、すかさずアイリスへと襲いかかる。

アイリスに覆いかぶさるようにイビルが迫り、次の瞬間——

「——紫電四閃《しでんよんせん》」

そんな声が聞こえ、気が付くと、アイリスはイビルの背後に移動していた。

そして彼女がカチンッという小気味よい音を立てて剣を納めると同時、イビルの体に浮かんだ四本の線に沿うようにして、四本の雷が走った。

雷に斬り裂かれたイビルの体は再び再生するかと思ったが、そのまま塵となって消えた。

場を包み込む一瞬の静寂。

その静寂を破ったのは俺ではなく――

「……ナ、ナンダト⁉」

ヒーリスであった。

「だから言っただろ。三下魔物王子」

「クソッ！ ……ダガ、マダ負ケタワケデハナイ！」

悪態をつくも勝利を諦めていないヒーリスを俺は見据えた。

「そうか。なら――かかってこい」

ヒーリスは怒りに任せて拳を振るってくるが、俺にしてみればまだまだ遅い。

余裕をもって回避し、振り下ろされた腕を刀で斬り落としてからその場を離れる。

「グッ⁉ ダガッ！」

ヒーリスは一瞬唸るが、すぐに腕が生えてきた。

どうやら他の奴らよりも再生速度が速いようだ。元々の魔力量が多いからかもしれない。

そんなことを悠長に考えていると、ヒーリスが手のひらを突き出した。

「――ファイヤーボール！」

無詠唱まで使えるのか。しかも普通のファイヤーボールよりはるかに大きい。

「魔法まで使えたのか……おいおい、威力も強いな……」

こちらも余裕で避けたのだが、着弾した背後の壁は跡形もなく消し飛んでいた。

「フン、魔力ガ高マッテイルノダ、当然ダロウ」

魔法が使えるとなると、立ち回りを変えないといけないか？　流れ弾とか考えるの面倒だし。

俺がそんなことを考えている一方で、ヒーリスは魔法を連発してくる。

俺はフィーネたちに当たらないように動き回りつつ、ヒーリスの体を少しずつ斬り刻んでいった。

最初のうちはすぐに再生していたヒーリスの体だが、俺がスピードを上げると徐々に再生が間に合わなくなってくる。

「どうした？　再生が間に合ってないようだが？」

「グヌヌッ……」

ヒーリスは悔しさに、醜い顔をさらに歪める。

「クソッ！　コウナレバ最後ノ手ヲ……」

そう言ってヒーリスは、どこからか取り出した小さな飴玉《あめだま》ほどの赤い玉を呑み込んだ。

「ガッ、ガアアアアアアアッ！」

そして直後、激しい咆哮《ほうこう》を上げると共に、全身から黒い魔力が螺旋《らせん》状に噴き上がった。

◇　◇　◇

そんな晴人たちから少し離れた場所で、天堂たち勇者とイビル二体との戦いは続いていた。

振り下ろされたイビルの拳を躱した天堂は、そのイビルの腕を斬り落とす。

「ここだ！」

だがやはり、瞬く間に切断した腕が再生した。

「くっ、厄介な能力だ」

天堂はそう言って顔を歪める。

しかし倒し方がわからないわけではないと、気を取り直す。

「鈴乃、慎弥、夏姫。そちらの一体を抑えていてくれ！　その間に、僕と葵でこっちの一体を倒す！」

「わかったよ光司君！」

「任せておけ！」

「任せて！」

「すまない、ありがとう！」

頷く三人に礼を言い、天堂は東雲とともに、ターゲットとなるイビルへと武器を構える。

「……行くぞ」

「うん！」

二人は気を引き締め、目の前のイビルに突っ込んでいく。

天堂より先に、スピードで勝る東雲が攻撃を仕掛ける。

襲いかかる拳を避け、そのまま斬り落とす東雲。そんな彼女の顔面に、イビルのもう片方の拳が迫る。

「させない！」

しかし一拍遅れて接近してきた天堂が振るった剣によって、イビルの残された腕も落とされた。

先に斬り落とした腕の再生が完了していないことに気付いた天堂が、鋭く叫ぶ。

「——今だ！」

「わかってる！」

東雲も、このチャンスを逃すほど馬鹿ではない。

イビルは天堂に気を取られ、正面がガラ空きなのだ。

東雲は一度刀を鞘《さや》に納めると、構えをとって呟いた。

「東雲流参ノ太刀——五月雨《さみだれ》」

次の瞬間、東雲の目の前のイビルの全身に無数の傷が走る。

そして東雲が刀を再び納めると同時に、イビルは膝を突いた。

「ふぅ……」

東雲は一息つき、最上たちが相手取っているイビルへと足を向けた、その瞬間——

「葵、後ろだ‼」

天堂の鋭い叫びが上がった。

「……え？」

振り返ると、先ほど斬り刻んだはずのイビルが拳を構えている。

「あっ――」

この姿勢では、避けることも反撃することもままならない。

そう諦めかけた東雲の前に、天堂が飛び込んできた。

「させない！」

天堂は聖剣を盾にするように構え、イビルの拳を受ける。

そしてそのまま構えた聖剣ごと、背後の東雲も巻き込んで吹き飛ばされてしまった。

「ぐぁっ⁉」

「きゃぁっ⁉」

壁に激突した天堂と東雲の悲鳴に、もう一体のイビルを抑えていた一ノ宮が振り向く。

「光司君、葵ちゃん⁉」

「鈴乃、今はこっちに集中しろ！　あいつらなら大丈夫だ！」

その最上の言葉通り、天堂と東雲はすぐに立ち上がった。

「だい、丈夫……」

「私、も……」

立ち上がった二人は、息を整えて武器を構え、再生していくイビルを見据えた。

「く、傷が浅かった……」

悔しげに呟いて刀を握り締める東雲に、天堂は気にするなと声をかける。

「大丈夫。次がある」

「……うん」

「行くぞ！　これで決める！」

天堂の言葉に東雲は深く頷いた。

すっかり再生を終えたイビルは、両腕を斬り落とされた怒りを発散するように咆哮を上げる。

そしてすぐ近くの壁を崩すと、四十センチほどの大きさの石を東雲へと投げつけた。

石は正確な軌道で飛んでいくが、既に東雲の姿はその場にない。

「東雲流弐ノ太刀――虎徹《こてつ》」

そして背後からの声とともに、上段から力強く振り下ろされた東雲の刀によって、イビルの右腕が再び落ちた。

振り返りざまに拳を振り下ろすイビルだが、東雲の技の方が速かった。

「甘いわ。東雲流壱ノ太刀――流刀《りゅうとう》」

東雲は拳を受け流すと、返す刀でイビルの左腕を斬り落とす。

「今ッ！」

「わかってる！」

天堂はガラ空きとなったイビルの背後へと斬りかかる。

「聖剣よ、僕に力を！」

天堂の言葉に応えるように、聖剣ミスティルテインが白く輝いた。

天堂は全力の身体強化を使って、イビルを斬り刻んでいく。

そして、東雲の攻撃で回復能力が落ちていたのだろう、崩れ落ちたイビルの肉塊はそのまま塵となって消えていった。

気を抜きかけた二人だったが、もう一体を抑えていた最上が吹き飛ばされ壁に激突するのが目に入る。

「ぐあっ!?」

「「慎弥！」」

回復役の一ノ宮と、魔法支援役の朝倉のサポートを受けながら前衛を務めていた最上だったが、イビルを倒すには決定打に欠け、ついに弾き飛ばされてしまったのだった。

「慎弥君、今すぐに回復するね！」

一ノ宮が最上に駆け寄り、回復魔法を使う。

そしてその間に、天堂と東雲がイビルへと突っ込んでいった。

先ほどまでと同じ戦局になるかと思われたが、今回は朝倉もいる。

斬りかかった刀を防がれた東雲が瞬時に後退すると、そこにすかさず朝倉の魔法が放たれる。

「――ウィンドカッター！」

風の刃はイビルの両腕に当たるも、浅い傷がつくだけで、すぐに再生してしまう。

それと同時に、朝倉が地面に膝を突いた。

「夏姫ちゃん！」

「大丈夫だよ。ちょっと魔力を使いすぎちゃっただけだから」

その朝倉の言葉に、天堂たちは安心する。

しかしそんな隙をイビルが逃すはずがなかった。

朝倉に向かって突進しようとするイビル。だが――

「させない！　――グランドウェーブ！」

復活した最上が地面に拳を突いた瞬間、地面が波打つように隆起しイビルの足を止めた。

「今だ光司、葵！」

最上の言葉に、二人はイビルへと接近する。

イビルはバランスを崩しながらも拳を振るうが、威力はほとんど失われている。

「東雲流壱ノ太刀――流刀」

東雲は拳を受け流した刀で斬り上げ、イビルの腕を切断した。

「まだ！　東雲流弐ノ太刀――虎徹」

そしてそのまま上段に構えた刀で、さらに襲いかかってきた逆の腕も斬り落とす。

「光司、今ッ！」

「わかった！　──聖剣よ、僕に力を！」

その言葉とともに、天堂の持つ聖剣が、さっき以上に光り輝く。

そしてイビルに接近すると、力強く叫んだ。

「──セイクリッドジャッジメント！」

その一撃はイビルの体を真っ二つに斬り裂いた。

「まだだ！」

しかし天堂はさらに二度イビルを斬り、ようやく後退する。

イビルが受けたダメージは、先ほどまでなら回復していたであろうものだったが、聖剣に込められた神聖魔法の力によって、イビルの肉塊はそのまま塵となって消えていった。

二体とも倒し終えた天堂たちは、ようやく一息つく。

「あとは……」

「ええ」

「王子を倒すだけだな」

「だね」

「晴人君……」

一ノ宮の回復魔法を受けつつ、天堂、東雲、最上、朝倉、一ノ宮がそう呟いた。

そして晴人の方へ目をやった瞬間——王子から黒い魔力が螺旋状に噴き上がった。

第11話　決着

俺、晴人の目の前で、ヒーリスが黒い魔力に包まれた。

「一体これから何が起こるんだ……？」

一切情報がないが、ヤバそうなことは確かだ。

俺は手をピストルの形にし、魔力を圧縮した魔力弾を放つ。

そこらの木や魔物の頭も吹き飛ばせるくらいの威力がある魔力弾だが、黒い魔力によってあっさりと防がれてしまった。

「……魔力が濃いから阻まれたのか？」

そう呟きつつ、周囲の状況を確認する。

天堂たちはイビルを二体とも倒し終えたようだが、ヒーリスの様子を見て不安げにしている。

王族たちの近くにいたフィーネやアイリス、クゼル、アーシャも同様だった。

その一方で、黒い魔力はますます濃くなっている。

俺は念のため、対策を取ることにした。

「天堂、フィーネ。全員を一ヵ所に集めてくれ。こいつがどうなるかわからないから、俺が結界を張って全員まとめて守る……一応王族も一緒に集めといてくれ」

正直、王族がどうなろうが知ったこっちゃないのだが、戦闘の余波で死なれでもしたら報いを受けさせることができないからな。

「わかった！」

「わかりました！」

天堂とフィーネが頷いて、全員が王族たちの周りに集まる。

「──空間断絶結界《イージス》」

その言葉とともに、ありとあらゆるものの干渉を阻む最強の結界が展開する。

そしてそれとタイミングを同じくして、ヒーリスの体から噴き上がっていた魔力が収縮していき黒い球体となる。

次の瞬間、勢いよく球体が弾け、中から巨大なイビルが現れた。

しかも体がデカくなっただけでなく、魔力量もさっきの倍以上に膨れ上がっている。

「コロ、ス……」

イビルの目は赤黒く光り、俺を強く睨みつけていた。

「いいぞ。殺《や》れるもんなら殺《や》ってみろ」

俺は愛刀を構え、ヒーリスに言い放つ。

ヒーリスは何も言わず、返事とばかりに複数の魔法陣を目の前に出現させた。

「それだけの数を無詠唱で同時展開かよ!?」

俺以外でそんなことできる奴がいたとはな。

「シネッ！」

放たれた魔法は、ファイヤーランス。

「城を燃やす気か？　――ウォーターウォール！」

まあ、そんなことにも考えが至っていないだろうけど。

俺が目の前に生み出した水の壁に、いくつもの炎の矢が突き刺さり、蒸気が発生する。

次の瞬間、危機察知が発動したので咄嗟に飛び退くと、水の壁を突き破って複数の黒い手が俺へと迫ってきた。

ウォーターウォールを消して確認すると、こちらに向けたヒーリスの腕が伸び、途中で分裂して無数の腕となっている。

「なんだあれ、気持ちわりぃ！」

視界の端で最上がそう叫び、鈴乃たち女性陣も同意するように頷く。

「チッ」

一方俺は、避けても追跡してくる腕を斬り落としていくが、あまりの数の多さに舌打ちをする。

こういうのはまとめて処理した方が楽だな。

「――ファイヤーファング！」

俺が唱えると、目の前に炎でできた獣の口のようなものが出現した。

鋭い牙《きば》を持つその口は、俺へと迫る無数の手を噛み千切り、灰へと変えていく。

しかしヒーリスの腕は、際限なく再生していった。

「キリがないな。それなら――」

俺は無数の腕をかいくぐり、ヒーリスの懐へと潜り込む。

多少回復速度は速いようだが、イビルであることに変わりないのであれば、本体を斬り刻めば塵となって消えるはずだ。

そう判断した俺は、ヒーリスを細切れにした。

「……これでどうだ？」

念のため距離をとって様子を見ていると、ヒーリスはさっきまでとは比べ物にならないほどのスピードで再生していく。

「うそ……」

さっき実際に戦って、イビルの再生能力の厄介さを知っているアイリスが信じられないと言いたげに言葉を漏らした。

確かに驚異的な再生速度だが、こいつを倒さないといけないということに変わりはない。

再生したヒーリスは立ち上がって、再び無数に枝分かれした腕を振るってくる。

それらを避けつつ対応策を考えていたのだが、厄介なことに、それぞれの手から火、風、闇属性の魔法が放たれた。

「三属性も使えたのか」

あらゆる角度から迫る魔法に、俺は回避をやめることにした。

「ま、俺には関係ないな——空間断絶結界《イージス》！」

瞬間、俺を囲うようにして結界が形成される。

ヒーリスの魔法が着弾し、爆発とともに周囲が煙に覆われる。

畳みかけるように無数の腕が襲いかかってくるが、それもまた結界に阻まれた。

ヒーリスは苛立《いらだ》ったように腕による攻撃を激しくするが、結界は突破できない。

「さて……」

俺は隙を見て、結界を解除する。

当然、腕と魔法が殺到するが、スキル縮地を駆使しつつ、再びヒーリスの懐に潜り込んだ。

そのまま抜刀術を二連続で発動し、両方の腕を根元から斬り落とす。

このタイミングなら、ヒーリスが再生するより俺が刀を振るう方が速い。

そう判断して首を落とそうとした瞬間——

「グ、ガァァァァァァ!!」

ヒーリスが吠えた。

至近距離での突然の咆哮に、ほんの一瞬だけ驚き、その隙にヒーリスの腕がさっき以上のスピードで再生、俺に襲いかかってきた。

「なっ⁉」

咄嗟に後方へと飛ぶが、腕は再び枝分かれして襲いかかってくる。

斬り落としてもキリがないな。それなら……

俺はヒーリスへと手をかざした。

「――地獄の業火《インフェルノ》」

闇と火の複合魔法、その魔法名と同時に、黒と赤、二色の炎がヒーリスへと襲いかかる。

「アッ、ガァァァァァァッ⁉」

俺に向かってきた腕は、炎に触れたそばから焼け落ちる。

さらにヒーリス自身も、一瞬で全身を炎に包まれた。

「ガッガァァァァァァッ！」

咆哮を上げながら炎を振り払おうとするヒーリスだが、地獄の業火《インフェルノ》は対象を燃やし尽くすまで消えることはない。

ヒーリスの咆哮は、だんだん弱々しくなっていく。

このまま燃え尽きてくれることだろう。

「ったく、面倒な敵だったな」

俺はそう呟いて、無事を確認するべくフィーネたちに目をやった。

しかし当のフィーネは、焦ったように叫んだ。

「ハルトさん、危ないっ！」

直後、気配察知に反応があり、危機察知スキルが警鐘を鳴らす。

ヒーリスの方に目を向けると、赤と黒の炎を纏ったまま、こちらに無数の腕を伸ばしているのが見えた。

「クソッ！」

完全に油断していた。

俺は咄嗟にスキル金剛を発動して肉体強度を上げ両腕でガードするが、そのまま吹き飛ばされ、壁をぶち抜いて庭まで飛ばされた。

「ハルトさん！」

「俺は大丈夫だ！」

心配そうなフィーネの声に、叫んで答える。

それにしても、これまでよりも強力な一撃だった。

だいたい、どうやって地獄の業火《インフェルノ》を抜け出したんだ？

俺は改めて、ヒーリスのステータスを確認する。

名前　：ヒーリス・フォーラ・グリセント
レベル：48
年齢　：29
種族　：イビル（元人間）
スキル：火魔法Lv６　風魔法Lv５　闇魔法Lv７　身体強化Lv５　剣術Lv５　社交術Lv７
豪腕《ごうわん》Lv５　咆哮Lv５　威圧Lv４　硬化Lv５　無詠唱Lv７　超再生　火属性魔法無効
称号　：第一王子、イビル化した元人間

種族が人間からイビルに変わっている。

しかもスキルも、イビルに変化する前に比べて増えているし、元々あったもののレベルも上がっていた。

そして特筆すべきは――

「火属性魔法無効、か……」

これも、イビル化する前は持っていなかったスキルだ。

だが、地獄の業火《インフェルノ》を最初に食らわせた時は確かにダメージを与えられていた……ということはおそらく、あの炎に耐えることによって新たに獲得したのだろう。

そうなってくると、さっきの一撃がいきなり重くなったことにも納得がいく。豪腕のスキルをレベルアップさせたか、新しく獲得したのだろう。

俺は油断したことを苦々しく思いながら、ホールへと歩いて戻る。

ヒーリスはフィーネたちを守っている結界を壊そうと必死で、こちらには気付いていないようだった。ちなみに王族たちは、結界の中で気絶している。

「――俺を無視とはいい度胸だな？」

俺はそう言って、ヒーリスへと威圧を放った。

その威圧によって、ヒーリスは俺が無事なことに気付いたらしい。

怒りの表情でこちらに手のひらを向け、直径二メトルはあろうかという巨大な魔法陣を形成した。

まずいな、とんでもない量の魔力が込められている。発動すれば相当大規模な魔法になるだろう。下手をすれば、市街地にまで被害が及びかねない。

もし何かを放出するタイプの魔法なら、空間断絶結界《イージス》を使えば封じ込めることができるだろうが、何か特殊な効果を持つものだった場合が厄介だ。

まずは魔法の発動そのものを阻止するところから狙っていこう。

「――ホーリーチェイン！」

俺が唱えたのは、光属性魔法。

虚空《こくう》から光の鎖が現れ、ヒーリスの腕と体を拘束した。

しかしこれはただ拘束する力しか持たない。

そのため、ヒーリスは拘束の隙間からまた腕を伸ばし、襲いかかってきた。

「そうくるのは予想済みだ――エアカッター！」

風の刃が俺へと迫る無数の腕を斬り刻む。

そして俺はその隙に、スキル縮地で魔法陣を展開している腕に接近、愛刀を振るう。

どうやらスキル硬化を使用して強度を上げていたようだが、神話級《ゴッズ》の武器であり、さらに絶対切断の能力も持つ黒刀紅桜に切れないものはない。

俺は自分で発動したホーリーチェインごと、ヒーリスの腕を切断した。

そのまま塵となって消える――と思ったのだが、その前に傷口の周囲から生えた腕が、切り離された腕を掴んで切断面をくっつける。

そして、まるで切られた事実などなかったかのように元通りになった。

「それはないだろ……」

しかも元の腕がくっついたせいで、魔法陣も残っている。

「チッ！　間に合わない、か……」

「残念ダッタナ、キエロッ！」

ヒーリスは渾身《こんしん》の力で体をひねり、魔法陣を俺へと向け――魔法を発動させた。

俺は縮地で後退しつつ、結界魔法を発動する。

「――空間断絶結界《イージス》」

するとヒーリスを囲むようにして、半球状の結界が展開された。

同時に魔法陣に込められた魔法が発動し、結界内が爆炎で満たされた。やっぱり放出するタイプの魔法だったか、結界で対応できてよかったよ。

それにしても、予想通りに強力な魔法だな。空間断絶結界《イージス》じゃなくて普通の結界だったら、壊れてたんじゃないか？

結界内は、いまだに高密度の魔力と炎が渦巻いている。

「めんどくさいし、そのまま死んでくれないかな……」

そう願うも、現実はそう甘くはない。

なんだかんだで頑丈だし、超再生と火属性魔法無効のスキルを持っている。

そして結界内の爆炎が晴れると、予想通り無傷のヒーリスがいた。

「ま、そうだよな」

俺がため息をつく一方で、ヒーリスは結界から抜け出そうと、腕を振るったり魔法を放ったりしていた。

しかしさっきの魔法で壊せなかったのだ、そんな攻撃で壊せるわけがない。

とはいえ、このままでは俺から攻撃することもできない。

俺は結界を解除して、攻勢に移ることにした。

結界が解除されたことで、ヒーリスが腕をいくつも伸ばし攻撃してくるが、そのすべてを躱して懐に潜り込む。

そのまま両腕を斬り落とした俺は、これ以上再生できないように、氷魔法で封じ込めることにした。

「――永久凍土《ツンドラ》」

その言葉とともに、俺の周囲から冷気が漂う。

その冷気が接触した瞬間、ヒーリスの全身が凍り付き、そのまま氷漬けになった。

これなら腕が生えるスペースもない。じっくりとどめを刺せるだろう。

そう思った直後、ビキッ、バキッと氷に亀裂が入る。

「これもかよ……」

そしてヒーリスは、両腕を再生させると同時に全身にまとわりついていた氷を砕いた。

その勢いのまま、無数の腕を振るってくるヒーリス。

俺は腕を回避し後退しつつ、次の手を考える。

どうするか。本当なら、あのまま氷漬けになったヒーリスを破壊して終わるはずだったんだけどな～……

やっぱり超再生が厄介だ。俺も回復魔法が使えるが、自動であれだけのスピードで回復できるのは便利すぎる。

ただ、あらゆるスキルを作れる万能創造や複製《コピー》が勝手に取得してくれないってことは、特殊なスキルなんだろうな。人間には獲得できない、みたいな。

俺は無数の腕を避けつつ、左手でピストルの形を作る。

さっき黒い球体になっている時に放ったのと同じ魔力弾だが、今回はライフルをイメージして、回転数とスピードを上げている。これで威力、貫通力ともに大幅にアップだ。

俺が放った魔力弾が着弾したヒーリスの頭部は、一瞬で爆《は》ぜて塵となって消えた。

超再生によって頭部が再生するが、計算通り。

流石のヒーリスも、頭部を失ってはこちらの動きを確認することができず、大きな隙が生まれる。

そこで俺は、さっきよりも強固なイメージを込めて魔法を発動した。

「これで決着をつけようぜ――ホーリーチェイン！」

俺が魔法名を呟いた瞬間、虚空から現れた光の鎖によってヒーリスの腕と体が拘束される。

天堂たちの戦いを見た限り、おそらくイビルは神聖魔法に弱い。

たしか神聖魔法は、「魔の者を滅する」ものだったはず。だから、魔物であるイビルに対して何かしらの力があるのだろう。

しかし俺には神聖魔法は使えない。となれば、他の方法を考えるしかないのだが……

そうだ。とりあえず、思いっきり魔力を込めるというのはどうだろうか。

俺の愛刀である黒刀紅桜は、絶対切断と破壊不可の能力を持つ神話級《ゴッズ》武器。

であれば、魔力を込めるだけでも相当な威力を付与できるはずだ。

そう思い至った俺は、鞘に納まったままの愛刀の柄に手をかけ、魔力を込めていく。

やがて黒刀紅桜は、鞘越しにもわかるほど、眩《まばゆ》い真紅の光を纏い始めた。

「⁉　ガァアアアアアアッ‼」

ヒーリスは身の危険を感じ取ったのか、咆哮を上げて逃げようとする。

しかし先ほどよりも強固になったホーリーチェインの束縛を抜け出すことなどできなかった。

「薬で得た力で俺に勝てると思うな。だからお前は三下なんだよ」

「グオォオォオォオォオォオッ‼」

必死にもがくことしかできないヒーリスに、俺は冷たく言い放つ。

「自国の兵士を、さらには自分自身を魔物とした哀れな王子。お前には地獄がお似合いだ……じゃあな」

俺は縮地を使いヒーリスの懐へと潜り込み、腰を深く落として抜刀の体勢を取る。

「――乱れ桜」

技名とともに俺は抜刀し、ヒーリスの横を通り抜ける。

真紅の魔力が桜吹雪《さくらふぶき》のように舞い散る中、俺の背後にいるヒーリスの体表に、無数の線が走る。

そして俺がカチンッという音とともに刀を納めると同時、ヒーリスは全身の傷からドス黒い血を噴き上げ、細切れとなって床に崩れ落ちた。

細切れとなった元・ヒーリスの肉塊は、そのまま塵となって消え去った。

復活する可能性も考えて、いつでも結界を張れるようにしていたが、杞憂《きゆう》だったようだ。

俺はフィーネたちを囲っている結界を解除し、一息つく。

「ふぅ～……」

流石に疲れた、ここまで苦戦するとは思わなかったからな。

と、そこへフィーネが駆け寄ってくる。

「ハルトさん！　大丈夫ですか？」

「ああ、この通り無事だよ」

「よかったです……」

ホッと胸を撫で下ろしたフィーネの後ろから、天堂たちもついてくる。

「凄い再生能力だったな」

塵となったヒーリスのいた場所を見ながら、最上がそう呟いた。

俺はそれに頷きつつ、天堂に声をかける。

「天堂のお陰で、奴を倒すヒントが得られたよ、ありがとう」

「そうなのか？　ならよかった、よ……」

天堂の表情は暗かった。

いや、天堂だけではない。鈴乃に最上、東雲、朝倉も同様だ。

まぁ、魔物に変化していたとはいえ、初めて人間を殺したのだ。暗くなるのも仕方ないことだろう。

こればっかりは、俺が力ずくでどうこうできることじゃないからな……本人たちの心持ち次第だ。

「気を落とすな。慣れろとは言わないが……気にしすぎない方がいい」

「あ、ああ……そう、だよね。晴人君はその、心の状態とかは大丈夫、なのか？」

「特には」

「そう、なのか……」

盗賊なんかは何人も殺してきたし、今さら悪人を殺してもどうとも思わない。

……今回イビル化した兵士が出たことで、巻き込まれてしまった王都の住人には申し訳ないと思っているが。

「――そうだ、晴人君！　街の方は⁉」

真っ先に立ち直り、弾けたように声を上げたのは鈴乃であった。

「そうだ！　早くエルフの皆と街の人を助けに行かないと！」

鈴乃の言葉に、天堂も気持ちを切り替えてそう言う。

しかし俺は首を横に振った。

「まあ待て。俺が鍛えたエルフだぞ。あんなイビルごときに負けやしないさ」

と、そこにちょうどエイガンから連絡が入った。

『ボス。こちらはイビルの掃討が済みました』

誰だよボスって、いつの間に師匠から呼び方変わったんだ⁉　いや、今はいいか……

「そうか、こっちも終わった。怪我人はいるか？」

『はい。こちらの負傷者は数名、死者はゼロでした……それと一つ報告が。ボスが仰っていた勇者がいました」

「わかった。無事で何よりだ。勇者たちは無事か？」

『はい。そちらにも負傷者は何人かいますが、回復魔法が使える者がいたので大丈夫です』

「わかった。また後で連絡する」

『御意』

その後も二班、三班から連絡が入ったが、どちらも似たような状況で、死者はいなかった。

「エルフたちは皆無事みたいだ……それと、城下町で勇者たちと遭遇したらしい」

俺がエイガンから聞いた情報を伝えると、皆がホッとした表情になる。

「よかった……それにしても勇者？　誰だろう……？」

鈴乃が不思議そうにするが、俺は首を横に振る。

「さあな。詳細はまた後で報告してもらおう……さて、あとは――」

俺はそう言って、戦いの激しさのせいだろう、いつの間にか気絶していた王族たちを見据えたのだった。

第12話　報い

「さっさと起きろクズ」

　俺はいつまで経っても起きない国王の腹を蹴って起こす。

　これくらいしたって別にいいだろう。

「――ゴハッ!?　ゴホッゲホッ！　な、なな何を――ひぃっ!?」

　国王は蹴られた腹を押さえて咳込みながらこちらを見上げ、俺と目が合うと悲鳴を上げて後ずさった。

　そんなに怯えられているのか、俺。

　まぁ、こいつはイビルの研究に関わっていたっぽいし、それをあっさり殺してしまったんだから、俺の力はわかってるんだろう。

　そんな国王の声で、他の王族たちも目を覚ます。

　残った王族は、マリアナや王妃、幼い王子の他、六名だった。

　俺は他の王族に目をやりつつ、国王に声をかける。

「さて、俺のことやエルフのこと、どう落とし前を付けてくれるんだ？　正直言って、俺はお前の命だけじゃ足りないと思ってるんだが」

「い、命だけは――」

この期に及んで命乞《いのちご》いする国王に、再び蹴りを放った。

「あがっ!?」

「そうやって命乞いをした人たちを、エルフたちを殺したのか？　里の連中の話じゃ、かなりの数が攫われたって話だが……お前が命令したんだろう？」

「うぐっ……はぁ、はぁ……そんな、わけが……」

「正直に言えば苦しまずに済むぞ？」

俺の目を見て本気だと悟った国王は、慌てて口を開いた。

「こ、ここ殺した！　襲撃を命令したのも私だ！」

「自分の手で、か？」

再びだんまりになる国王。

威圧を発動すると、国王は恐怖のあまり地面に染みを作る。

「こ、殺し、た……」

「そうか」

俺はそう吐き捨て、エフィルを見る。

「エフィルどうする？　自分の手で仇を討つか？」

「……いいの、ですか？」

「俺は別にいいさ。俺よりも苦しんでいる、復讐したいと望んでいる者がいるのなら、そちらを優先するよ」

エフィルは少し間を置いて答えた。

「ありがとうございます」

エフィルの瞳《ひとみ》には、強い怒りと復讐の意志が宿っていた。

それを確認した俺は、異空間収納からとある剣を取り出した。

その剣の名前は精霊剣フェアリーペイン。

俺が造り上げた、アイリスの持つ魔剣にも劣らない一振りだ。

名前　：精霊剣フェアリーペイン
レア度：幻想級《ファンタズマ》
備考　：この剣を使用中、精霊魔法の威力が三倍上昇する。
魔力を流すことで周囲の精霊の力を取り込むことができる。
晴人により打たれた精霊剣。

「これは……」

不思議そうにするエフィルに、俺はその剣を手渡す。

「エフィル用に俺が造った剣だ。名前は精霊剣フェアリーペイン。受け取ってくれ」

薄緑に透き通るような剣身は、精霊をイメージして造ったものだ。

「綺麗な剣です。ありがとうございます」

「おう……と、渡したはいいが、それでこんな奴を斬るのはもったいない。こっちを使うといい」

そう言って俺が取り出したのはただの鉄剣。

「そうですね」

エフィルは精霊剣を腰に提げてから、鉄剣を手に国王へと歩み寄った。

その手はギュッと力強く剣を握り締めている。

家族を、大切な人たちを、目の前の国王の命令によって奪われたのだ。

その憎悪は、俺には計り知れない。

「ま、待てッ！　いや、待ってください！」

国王は必死の形相《ぎょうそう》でエフィルに呼びかけるが、反応はない。

代わりに俺が口を開いた。

「……何を待つ必要がある？　それはお前の運命だ」

「殺さないのではないのか!?」

「そんなこと言ったか？　お前には元々死んでもらうつもりだ」

「ヒイッ⁉」

そんな会話の中、エフィルはへたり込んでいる国王の目の前まで来ると、天にいる自身の大切な人へ向けて口を開いた。

「お父さん、お母さん。それに里の皆。今、皆の仇を取るからね」

エフィルは国王の前で、剣を両手で逆手に持って掲げた。

一滴の涙が頬を伝って、床へと落ちる。

「ま――」

エフィルはそのまま、国王の言葉を遮って奴の胸に剣を突き刺した。

心臓を貫かれた国王は、少しして力なく倒れ込んだ。

それを見ていたマリアナと王妃は顔を白くし、他の王族たちも次は自分かと震えている。幼い王子は、大声で泣いていた。

天堂たちはただただ目の前の光景から目を逸らすしかできなかったようだ。

フィーネもアイリスもアーシャも、広がっていく血だまりから目を背ける。

クゼルは動揺こそ見せなかったが、かつての主の死になんとも言えない表情になっていた。

そんな中、エフィルは突き刺した剣を引き抜く。

「お父さん、お母さん。やっと、やっと皆の仇を取ることができました……」

俯《うつむ》いて涙を零していたエフィルだったが、しばらくすると俺の方に顔を向ける。

その表情は、とても満足げだった。

「ハルト様、本当にありがとうございます。お陰で皆の仇を取ることができました……ハルト様は、ご自身で手を下さなくてよろしかったのですか？」

「俺のことはいいさ」

「……本当に、本当にありがとうございます！」

そう言って、エフィルは剣を手放して抱きついてきた。

泣きやむまで頭を撫でてやってから、ようやく落ち着いたところで俺はマリアナたち王族に向き直る。

「さて、お前らに残された選択肢は二つ。奴隷として生き延びるか、あるいは死か。おすすめは前者だな」

その選択肢に、王族たちはびくりと震える。

「ああ、奴隷といっても、その辺に売り払うわけじゃないぞ。お前たちが変な気を起こさないよう、行動を制限するために奴隷化するだけだ。自由はないと思え……もちろん監視もつけるからな」

「……わかり、ました。お時間をいただいてもいいでしょうか？」

そう申し出てきたのは王妃だった。

「ああ、しっかり話し合って決めろ」

そう言って俺は国王の死体を異空間収納に仕舞い込む。

いつまでも置いていては気分が悪いし、かといってここで燃やしたりなんかできないからな。

と、その時、エイガンたち一班のエルフが戻ってきた。

「ボス、ただいま戻りました。この惨状《さんじょう》は……」

「ああ、よくやった。敵が案外手ごわくてな――ってだから誰だよボスって！」

思わず返事をしたが、なんでいきなりボスになってるんだよ！

しかもエイガンたち全員が、膝を突いて家臣の礼っぽい姿勢になっている。

「もちろんボスです」

「……俺、だよな。いやいや、てかなんでそうなった？」

「私たちを率いることができる方は、師匠、いえ、ボスしかおりません！」

「あー……うん。わかったから、せめてボスと呼ぶのだけはやめてくれないか？」

こっぱずかしいんだよな、と思いつつそう言ったのだが、エイガンたちは揃って「それは無理です！」といい笑顔で答えた。

俺は助けを求めてフィーネたちを見るが、諦めろというように苦笑されるだけだった。

「……はぁ、もうわかったから、少し休憩しろ。それと皆、無事で何よりだ」

「恐縮でございます」

完全に配下っぽくなっているが気にしない。

俺は異空間収納から人数分のテーブルと椅子、お茶のセットを出す。

フィーネやアイリス、アーシャは慣れたもので平然とお茶を飲み始めたが、天堂たちやエイガンたちは微妙な顔をした。

とはいえ俺たちがリラックスしているのを見て、すぐに座ったのだが。

ちなみにクゼルは、フィーネたちと同じタイミングでしれっと座っていた。なんならお茶菓子を独占しようとしてアイリスと喧嘩《けんか》になっていた。年下相手なんだから譲ってやれよ……

もちろん、話し合いをしている王族たちの動向も気にしている。

ちょくちょく聞こえてくる言葉からすると、話し合いは長引きそうだ。

ここで逃げでもしたら……まぁ追いかけて殺すだけだから、それはそれでいいか。


王族の話し合いはしばらく続き、流石にそろそろ眠くなってきた頃、ようやく終わったようだった。

マリアナをはじめとして全員でこちらに向かってきたので、俺も立ち上がる。

「さて、決まったのなら聞かせてもらおうか」

「は、はい。私たちは——奴隷となることを決めました」

まぁ、そうだよな。

「……わかった。念押しだが、余計な企みはやめておけよ？」

俺はそう言って、話し合いの最中に余計なことを言っていたデブを見つめる。

「まぁ、見逃すのはこれが最後だ――」

俺はそこで威圧を発動させ告げた。

「――次はないからな？」

そんな俺の言葉を受けて、王族たちは全員気絶してしまった。

実は気絶させたのは理由がある。

この隙に、全員の背中に見えないように、奴隷術のスキルで奴隷紋を刻むためだ。

俺のスキルレベルなら、奴隷紋を一切見えないようにすることも可能だからな。

「ハルトさん、これからどうするのですか？」

一通りの作業が終わった俺にフィーネが尋ねてきた。

「んー、そうだな。とりあえず、この国は今まで、絶対王政だっただろ？　まずはそこを変えて、民のための政治をできるようにしたいんだが……クゼル、ちょっといいか？」

「む？　なんだ？」

「内政なんかをやる気は――いや、やっぱりいいや」

「なんだ！　最後まで言わないか！」

こいつ脳筋だったの忘れてたわ……

脳筋に政治をやらせるのは不可能だからな。

「まぁまぁ。それより、元の地位に戻るつもりはないのか？」

「全くないな！」

即答かよ！　まあ、副騎士団長よりも冒険者の方が性に合ってるってことなのかな。

そういえば、騎士団長も宮廷魔法師も見なかったな……どこにいるんだ？

「んー、まずは人材を把握《はあく》したいな。いきなり国王が消えたら国が混乱するだろうし、かといって王族に任せるのもな……誰に任せればいいのかってところから考えないといけないな」

どうするか悩んでいると、アイリスが俺に提案した。

「なに悩んでいるの？　ハルトが王になったらいいじゃないの」

「「「はぁ!?」」」

アイリスの発言に、俺はもちろんその場の全員がすっとんきょうな声を上げた。

「いや、待て待てアイリス！　どうしてそうなるんだ!?」

「ハルトには王の器があると思うけど？」

きょとんとした顔で言うアイリス。

「いやいや、俺は自由に生きたいし、いずれは元の世界に戻るつもりだから王なんて無理だぞ」

「……戻っちゃうの？」

アイリスが目尻に涙を溜めて、上目遣《うわめづか》いで見てくる。あざといな！

「そりゃあ、家族がいるからな。ああ、もちろんお前たちを置いていくつもりはないから安心しろ」

俺がそう言うとアイリスは涙を拭いて笑顔を向けた。

「当たり前よ！」

「まあ、とにかく俺は王にはなれないってことだな。だいたい、民が納得しないだろ」

と、そこで俺は重要なことを思い出した。

「……あっ、国王に帰還の方法聞くの忘れてた」

「っ！　普通は忘れないだろう⁉」

いや天堂、お前も今の今まで忘れてただろ、その反応は。

まあでも殺《や》っちゃったしなー、しょうがないなー。ま、俺たちを召喚した魔法陣を調べれば何かわかるだろ。

天堂たち勇者組がどうしようどうしようと騒いでいると、気絶していた王族が目を覚ました。

「起きたか。そうそう、お前らが気を失っている間に奴隷紋を刻んでおいたからな」

起き抜けにとんでもないことを聞かされて、王族たちがざわつく。

「なっ！　本当に刻んだのか⁉　ただの脅しではなかったのか。私を誰と心得る、この下民が‼」

奴隷紋を刻まれた事実を受け入れられなかったのだろう、デブのおっさんがそう喚いたが、直後、胸を押さえて苦しみ出した。

主人に逆らう者に痛みを与える効果が発動したのだ。

その様子を見て、本当に自分たちは奴隷になったのだと絶望する王族たち。

俺はそんな中、涙を浮かべるマリアナに声をかけた。

「おい。マリアナ姫、いや——マリアナ」

俺の声にビクッと体を震わせたマリアナは、恐る恐る口を開いた。

「な、なんでしょうか？」

「お前は善政を敷く意志はあるか？」

「……と言いますと？」

「以前から耳に挟んでいたが、この国の税は重く、それ以外にも戦争や農業などの政策でも、民の負担は大きい。それを改める気はあるか？　ということだ」

俺の言葉に反応したのはマリアナではなかった。

「ぐっ、税率を下げるだと？　そんなことできるわけが——あがぁぁぁぁぁあッ！」

さっきのデブが文句を言おうとして、また苦しんでいた。

ステータスを確認してみると、どうやらこいつは公爵らしい。名前が長いから豚公爵と呼ぶか。

「ん？　何か言ったか？」

俺がにこやかに聞くと、豚公爵は震えながらも答える。

「そ、そそそしたら我々に入ってくる金が減るではないか！」

ほう、民は苦しんでもいいから自分は贅沢《ぜいたく》したいってか？　ならその体形も納得だ。

「何か問題があるのか？　民の生活の方が大事だろう？　少しくらい節制することを覚えたらど

うだ」

「うぐっ、それだけは認めん！　たかが冒険者の分ざ——があぁぁぁぁぁぁッ！」

再び暴言によって奴隷紋が発動し苦しむ豚公爵。

うん、こいつはどうやっても変わらないな。

「エイガン、殺《や》れ」

「はっ！」

俺の言葉に、エイガンはナイフを投げつける。

投擲《とうてき》用に細く鋭く尖ったナイフは、豚公爵の眉間《みけん》へと突き刺さった。

「この豚が。我らのボスに不快な思いをさせたこと、死んで詫びるのだ」

エイガン怖いよ！　てかもう死んでるって！　しかもお前、なんかキャラ変わってない!?

これには皆もドン引きしていた。

フィーネたちの視線が俺に集まっているのに気付いたので、全力で首を横に振る。

いやいや、こんなえぐい殺し方をさせるつもりはなかったからね？

「他にボスへの文句がある奴らは？」

エイガンが威圧を撒き散らしながらそう聞くと、マリアナたちは一斉に首を横に振った。

「よろしい。ではボス、どうぞ」

「あ、ああ……ゴホンッ。で、マリアナ、どうだ？」

「わ、私は……」

マリアナは目を泳がせる。

まぁ、こいつが民のことを考えて政治なんてするわけないよな。そんな性根の奴だったら、俺を追い出したりなんかしないはずだ。

ここで「はい」と言わないのは、もし嘘だとバレて豚公爵のように殺されたら嫌だから、とかなのかね。

俺はため息をついて、指示を出す。

「はぁ……わかった。マリアナは明日の朝、会議室に宰相や大臣たちを集めておけ。これからの国政の会議をする。もちろん、お前を含めた王族の参加は認めない……それから、お前たちは今後、エルフたちによって常に監視されることになる。余計なことをすればそこの豚のようになることを胸に刻んでおけ——以上だ」

俺の言葉に、マリアナたちは全力で頷いていた。

「よし。では各自部屋に戻れ。エイガン、エルフたちの監視の割り振りをして、終わったら俺のところに来てくれ」

俺の命令にエイガンたちエルフは揃って敬礼し、王族たちを自室へと戻らせた。

「……さて、俺たちも一度会議室に移動して、もう少しちゃんと話し合うか」

というわけで、俺たちは会議室にやってきた。

「国政の会議とは、どうするのですか？」

エフィルが聞いてきたので、現時点で考えていることを話す。

「さっきも言ったけど、とりあえず税を下げようと思っている。それから、具体的にどんな体制にするかは明日の会議で決めるつもりだけど……とりあえず国民に対しては、あの国王は病死ってことにしておけば誤魔化せるだろ」

「んな適当な……」

そう言葉を返してきたのは、エフィルではなく最上であった。

「なら最上。何か考えがあるのか？」

「おう、国王はともかく、すべての税を廃止する！」

んなことしたら、収入ガタ落ちで国が滅んで他国に侵略されて、一番ダメなパターンじゃねえか。

こいつ、わかって言ってるのか？　……いや、最上のことだからわかってるわけがないな。

俺は呆れながら、他の懸念《けねん》点を挙げていく。

「まぁ現状で確かなことは、この国の運営はかなり不透明だってことだ。おそらく、至る所に私利私欲を優先する連中がいて、搾取《さくしゅ》やら中抜きやらが横行して、政治全般に不具合が起きているだろうな。それがどの程度かは調査してみないとわからないが……」

「あんな国王だったんだからしょうがないよ」

「……ですね」

鈴乃、フィーネが同意するように頷いた。

「問題は、どうやって改善するかだな。今いる大臣や貴族どもを調査しても、任せられる人材がどれだけいるかわからない。いっそのこと、俺たちの異世界の知識を使うって手もあるが……」

正直、高校生程度の知識でどうこうできるとは思えないが、何かのヒントにはなるかもしれない。

そう思っての発言だったが、天堂が頷いた。

「そうだね……先生もいるし、せっかくならクラスメイトの皆を集めて、皆の力でこの国を立て直す準備をするのはどうかな？　きっと手伝ってくれる人もいると思うよ。もちろん僕たちも手伝うし」

なるほど、マリアナが勇者を集めたって言ってたし、エイガンも会ったんだっけ。

「それも悪くないな。それにせっかくなら、召喚陣のことも調べたいし……わかった、エイガンに勇者たちを呼んでもらって、協力者を集めて内政の復興をしようか。皆、よろしく頼むな」

「「「おう！」」」

俺の言葉に、全員がやる気のこもった声を上げた。

それから会議室にやってきたエイガンに、勇者たちを探し、明朝の会議に集めるように指示する。

もう数時間くらいしか眠れなそうだが、俺たちはそれぞれ王城内の適当な部屋を使って、体を休めるのだった。

第13話　再会

――翌日。

会議室には、俺、フィーネ、アイリス、アーシャ、エフィル、エイガンと、マリアナに集めさせた宰相や大臣などの国政の担当者、それから天堂たちを含むクラスメイトと宇佐美先生の、全勇者がいた。

俺は一際豪華な椅子――おそらく国王が座っていたんだろう――に座り、フードを深く被って顔を隠している。

そんな俺や、その近くに立っているフィーネたちを見て、大臣や天堂たち以外の勇者は不思議そうにしていた。

ひそひそと、「誰だあれ……」「なんか怪しくない？」なんて囁《ささや》き合う声が聞こえてくる中、意を決したような表情で宇佐美先生が口を開いた。

「あの、いいでしょうか？」

「なんだ？」

俺の横に立つエイガンが答える。

「その、国王陛下が座るべき場所にいるのはどなたなのでしょうか？　陛下ではない、ですよね……？　それに私たちがここに呼ばれた理由も……」

そんな宇佐美先生の言葉に、クラスメイトたちも同意するように困惑した様子で頷いた。

天堂たちを見ると、他のクラスメイトとは違って笑みを浮かべながらだが、俺を見て頷いてくる。

そして俺は、フードを取った。

「——結城君っ⁉」

素顔を見た宇佐美先生が、驚きの表情を浮かべる。

そして他のクラスメイトたちもまた、ざわつき始めた。

「生きていたのか⁉」

「でも、マリアナ姫が結城は死んだって……」

「ああ、魔物に食われたって言っていたよな」

混乱の中、宇佐美先生が尋ねてきた。

「ほ、本当に……結城君なのですか？」

俺は微笑みながら頷く。

「……本物ですよ、宇佐美先生。それに皆も久しぶりだな」

「まさか偽物なんじゃ……」

宇佐美先生はずいぶん疑り深くなっているのか、なかなか信じてくれない。

「いや、宇佐美先生。俺になりすますとか、誰得って感じじゃないですか？　なあ天堂？」

「まぁ、勇者を騙《だま》して利用するために、晴人君のフリをする、なんてことも考えられるけど……宇佐美先生も皆も安心して。本物の晴人君だよ――僕たち以上に強くなっちゃってるけどね」

「うん、私も保証するよ」

そう言って苦笑する天堂と鈴乃のおかげで、先生もクラスメイトたちも、俺が本物だと信じたようだ。

揃って安堵《あんど》の表情を浮かべていた。

そんな皆の様子を見ていると、思っていた以上に心配をかけてしまっていたようだと申し訳ない気持ちになる。

俺は皆に向かって頭を下げた。

「すまん。みんなには心配をかけた。この通り俺は生きている」

「……いや、生きていてよかったよ、結城」

折原に続き、他のクラスメイトも口々に「無事でよかった」と言ってくれる。天堂たちは「知ってたなら早く教えろよな」なんて言われていたけれど。

そんな絵に描いたような感動の再会をしていると、例の三人組が騒ぎ出した。

「なんで、なんでお前が生きているんだ！」

「そうだ！　死んだって聞いたんだぞ！」

「さては偽物だろ！　何を企んでいる！」

その三人組とは、御剣《みつるぎ》健人《けんと》、駿河《するが》隼人《はやと》、松葉《まつば》亮《りょう》。元の世界でも何かと嫌がらせをしてきた連中だ。

さっきの天堂の話を聞いてなかったのか？

俺はゆっくりと三人の方を見てから口を開いた。

「……なんだ？　俺が生きていたらまずいのか？」

「そ、そんなんじゃ……」

まぁ実際のところ、特別何か不都合があるとかじゃなくて、ただ単にガキみたいな理由で俺を排除したいだけなんだろうな。

たじろぐ御剣たちだったが、ハッとした表情を浮かべて再び突っかかってきた。

「一ノ宮さんだって、結城に操られているんだろ！」

「そうに違いない！」

「きっと洗脳系の魔法を使ったんだ！」

御剣、駿河、松葉の言葉に、一同の視線が鈴乃に注がれる。

天堂の方は疑わないのかよ……てかさっきから散々な言われようだな。俺、そんなことしないからな？

「え？　皆して何？」

「一ノ宮さん、今結城から解放して――ヒィッ⁉」

そう言って鈴乃に近付こうとした御剣は、言葉の途中で悲鳴じみた声を上げ尻餅《しりもち》をついた。

御剣だけではない。駿河と松葉も同様である。

「なんだ、これ……」

「威圧……？」

そう、俺は御剣たち三人に向かって威圧を発していた。

それと一応、他のクラスメイトたちにも軽く威圧を向けている。

もしかしたらこの中にも、俺に突っかかろうとしてくる奴がいるかもしれないからな。実力差をわからせておきたいのだ。

俺は尻餅をついている御剣たち三人に向かって告げた。

「おい、俺が生きている理由なら後で説明してやる。今日ここにいる連中を集めたのは、大事な話をするためだ、少し黙ってろ」

「な、何言ってやがる！　俺たちに何をし——」

「黙れと言ったのが聞こえなかったか？　今はお前らの相手をしてやれるほど暇じゃないんだ」

そう言うと、御剣はようやく黙った。

駿河と松葉も黙っている……というよりは恐怖で喋《しゃべ》れないまま激しく頷いていたので、俺も威圧を解除した。

クラスメイトたちは、威圧感から解放されてほっと息をつく。

俺は誰も口を開かないことを確認して、皆を見回した。

「あー、宰相と大臣たち、巻き込んで悪かったな。それじゃ改めて——今日は集まってくれてありがとう」

俺がそう言うと、宰相が困惑しながらも今日初めて口を開いた。

「あの、我々はマリアナ殿下に集められたのですが、殿下はどこに？　陛下や王子の姿も朝から見えないのですが……城の中もかなり荒れていますし、何があったのでしょう？　それにあなたは……？」

うんうん、聞きたいことはいっぱいあるよな。どこからどう説明するか……

「そうだな、まずは自己紹介からするか。俺は結城晴人。そこの天堂たちと一緒にこの世界に召喚された、勇者のなりそこないってところだ。マリアナに城を追い出されて以来、冒険者をやっている。ランクはＥＸランクだ」

俺の言葉に、大臣たちもクラスメイトたちもざわつく。

「何っ、あの先日生まれたＥＸ冒険者だと!?」

「確かに名前を聞いた時は、同姓同名なんて珍しいと思ってたけど……」

「自ら城を出て死んでしまった勇者がいたと報告はあったが……マリアナ姫が追い出したとはどういうことだ!?」

「おいおい、流石にそれは冗談だろ？」

「まさかあのペルディス王国王都を救った世界最強の冒険者が、グリセントが召喚した者だったとは……」

「というかEXランクのハルトっていや、『魔王』とか呼ばれてたよな」

そんな風に、勇者も大臣も関係なく顔を見合わせている。

特にクラスメイトたちの反応は顕著《けんちょ》で、『無能』なんて呼ばれていた俺が『世界最強』になっていることに驚きを隠せない様子だった。

収拾がつかなくなりそうなので、俺はオリハルコン製の漆黒《しっこく》の冒険者カードを取り出してみせる。

「これがEXランクの証だ。本当はSランクに昇格するはずだったんだけどな、色々あってペルディス王国のディラン国王にEXランクにされちゃったんだよ」

俺の言葉に、フィーネが「『ちゃった』で済まされることじゃないんですけどね……」と苦笑し、アイリスが「ハルトなら当然よ！」と胸を張っていた。

そんなやりとりを見て、大臣やクラスメイトたちは全員、俺がEXランクだと信じたようだった。

そうして俺の身元が明らかになったところで、一人の大臣が挙手した。

「そ、それでハルト殿。国王陛下やヒーリス殿下、マリアナ殿下はどこに……？」

「国王と第一王子は昨夜死んだ。マリアナは生きてるが、今日この場には参加させていない」

そう俺が答えると、再び場が騒然とする。

まあいきなり王様と第一王子が死んだなんて言われたら、そんな反応になるよな。

「な、何があったのでしょうか！　城が荒れていることと関係があるのですか⁉」

そう叫んだのは宰相だった。

信じがたい情報だらけで、パニックになってしまったのだろう。

「そうだな……まずお前たちは、一年以上前、王族が一部の兵を使ってエルフの里を襲ったことは知っているか？」

俺の問いかけに、宰相と数人の大臣は苦々しげに頷き、それ以外の大臣は目を見開いて首を横に振る。

神眼《ゴッドアイ》で確認したが、嘘はついてないみたいだ。

「本当に何も知らないんだな……俺は昨晩、エルフの里の生き残りとともに城に乗り込んだんだ。王族どもが黒幕だってことはわかっていたし、俺自身、勇者召喚を強行した国王と俺を追い出したマリアナに恨みがあったからな」

全員が神妙な面持ちで俺の話を聞いている。

「で、いざ王族を拘束してみたら、第一王子と数人の王族がイビル——夜中に街に現れた化け物に変身してな。戻る手段がないって話だったから、仕方ないから殺した。国王については……イビル化したわけじゃないが死んでもらったよ。あいつを生かしていたら、この国の圧政と暴走は止まらないだろうからな」

「……ハルト殿が殺したのですか？」

「いや、国王にトドメを刺したのはエルフだ」

そのエルフは俺の横にいるエフィルだけど、とは言わない。

宰相は俺の答えに、納得したように頷いた。

「……そうですか。私としても、エルフの里襲撃の件は止めようとしたのですが……言い訳になってしまいますが、この国において国王の権力はかなり強いものでした。宰相である私や、ここにいる大臣のような高官であっても止めることができなかったのです」

そう言って、申し訳なさそうにする宰相。

そして宰相は、エフィルとエイガンに向かって頭を下げる。

「そちらのお二方はエルフの方ですね。里襲撃の件は、王を止められず本当に申し訳ございませんでした」

他の大臣も、揃って頭を下げる。

しかしエフィルとエイガンは首を横に振った。

「いえ……知らなかった方もいらっしゃるようですし……」

「それに、里を襲った連中は第一王子の配下だったらしいが、昨晩の騒動であらかたイビル化し、討伐することができた。奴隷にされた同胞の行方は追わねばならんが……エルフの里として、この国への復讐は済んださ」

エフィルもエイガンも、罪のない民を痛めつけるつもりはないようだった。まぁ、そんなことしたら、あの王族どもと同レベルになってしまうからな。

そんな二人の言葉を聞いて、宰相たちはさらに深く頭を下げる。

「ま、そういうわけで、国王は死んだ。生き残っているマリアナをはじめとした王族も、奴隷術で行動を制限している。そしてこれからはお前たちに、民のための政治をし、この国を立て直してほしいんだ。もちろん、俺も手伝う予定だ」

俺がそう言うと、宰相たちは喜びを露わにする。

「ありがとうございます」

「これで民が苦しまずに済みます……」

中には涙を流す者までいた。

さっきの宰相や大臣たちの反応からすると、王族は相当嫌われていたようだな。

これだけ行政の中心メンバーがいれば、数人は王族に近しい者がいるんじゃないかと思っていたんだが……この様子だと、甘い蜜《みつ》を吸っていたのは王族だけで、こいつらは民を救うためになんとかしたかったみたいだな。

だけど至る所で民が苦しんでたってことは……領主になってる貴族はほとんどが王族側なんだろう。

まだまだ問題は山積みだな、とため息をつきつつ、俺は口を開く。

「それじゃあ、ようやく本題だな。今日皆に集まってもらったのは、現状を知ってほしいのと、今後どうするかを決めたかったからなんだ」

そこで言葉を一度切って、全員の顔を見回す。

「まず国民にどう事態を発表するかだが、国王については急病で死亡、王子含め数人の王族は、悲しみのあまり錯乱《さくらん》して自ら命を絶ったってことにする。新しい王は……適当に王族の誰かを据えるか。ここであの幼い王子を選ぶとクーデターみたいに思われるかもしれないし、マリアナが適任かな？　民には知られないように、権力は一切与えないようにするけど」

昨日の俺の質問には微妙な反応だったけど、奴隷紋も刻んだし、逆らうようなことはもうしないだろう。

俺の言葉に、宰相は頷いた。

「ええ、彼女は外面《そとづら》だけはよかったですから……民からの反対も少ないでしょう」

あー、やっぱりそんな感じか。そうだと思ったよ。

「よし、それじゃあその方向で。あと、昨晩のイビル大量発生については、魔族が仕掛けてきたものだったが、勇者とエルフによって制圧されたことにするか。そうしておけば、勇者とエルフが今後国内で動きやすくなるだろう……情報統制はしっかりと頼むぞ」

「わかりました」

「あとは、内政か……」

俺の呟きに、宰相が頷く。

「そうですね……と、その前にこの国の仕組みについて改めて説明します」

宰相はそう前置きして、大まかなところを教えてくれた。

「この国では、各領地を貴族が運営しているのですが、国全体の方針決定は国王が行います。しかしながら当然、そのすべてを国王一人で管理できるわけではないので、分野ごとに大臣を置き、その下で役人が働く、という形をとっていました。そこで調整した国王の方針を、各領地の貴族に伝える、というわけです……まぁ大臣といっても、国王と王族が一方的に決めた方針を実現するために、役人を動かすだけです」

ちょ、オーラが滅茶苦茶暗いって！　こわいこわい！

「王族の我儘《わがまま》を聞きつつも、民の生活を守り、国を崩壊させないために、必死で駆け回るのが大臣の仕事でした……いっそ崩壊すればいいと何度思ったことか」

宰相の横にいた大臣がそんなことを呟く。ブラックすぎるだろ！

「そ、それで……？」

俺はたじろぎながら、宰相に先を促す。

「はい。今そこの者が言った通り、大臣たちは民を守るために、王族の要求に抵抗することもありました。その結果、軍事や財政関連、それから司法と立法については、王族が大臣の座について完全に支配してしまったのです。ちなみに、軍事の大臣は第一王子でした」

なるほど、その四つを押さえていれば、好き放題に振舞えるな。

「もちろん、大臣下の役人の尽力があったため、そこまで民に理不尽が降りかかることはありませんでした……騎士団長と筆頭宮廷魔法師のお二人は王族の我儘を内心嫌っていたため、表面的には従いつつもうまく調整していたようですね」

へぇ、騎士団長って、クゼルが誇り高いって言ってた人だっけ。

天堂たち勇者も、騎士団長と筆頭宮廷魔法師という言葉に反応していた。

「そんなわけで、王族の権力が失われた今、その四分野の大臣は早急に立てる必要があります。また、農業についても担当者が不在ですね……それ以外については、今ここにいる者たちでなんとかなります」

ん？　不在？

「どういうことだ？」

「はい。以前はいたのですが、国王が税収を増やすために収穫量を三倍に増やせなどと無茶を言い、達成できず大臣は打ち首。当然、その後釜《あとがま》に納まろうという者もおらず、王族の一人が就任したのです。その者は農業の知識どころか、自分の思うように人を動かす能力すらなかったため、実質大臣不在のまま役人が運営していました」

「……なんかもう色々ひどいな」

「返す言葉もありません」

そう苦笑する宰相。

ただ話を聞いている限り、トップがしっかりすれば国の運営は問題なさそうだ。

もちろん、役人にも王族派がいるだろうが……調査して排除すれば問題ない。

「わかった、ありがとう宰相。軍事、財務、司法、立法、農業については、人を探すことにしよう……と、だいぶ話し込んでしまったな」

もう昼時なのだろう、ところどころからお腹が鳴る音がする。

「それじゃあ昼休憩にしようか。宰相たちはまた戻ってきてくれ。それ以外は自由に過ごしてくれ……クラスの皆には、夜になったらちゃんと話をするから待ってくれ――解散！」


昼休憩を終え、俺は再び会議室へやってきた。

解散と言ったのに、フィーネやアイリス、鈴乃、アーシャ、そしてクゼルとエフィルはついてきていた。

退屈じゃないか？　と聞いたのだが、フィーネには「ハルトさんの近くにいたいんです」と言われてしまった。

そんなん言われたらどっか行けとも言えないだろう。

というわけで、見知らぬ奴を何人か連れて宰相たちが戻ってきたところで、会議を再開する。

「さて、さっきの続きだが……人材に心当たりはあるか？」

俺がそう言うと、宰相が頷いた。

「はい。まず財務、司法、立法については、それぞれの大臣の部下となっていた役人たちの中に王族派がどの程度いるか把握できていないので、その中から選ぶのはリスキーです。ただ、こちらの三人が、現在は他の大臣職についていますが、財務、司法、立法の大臣経験者なので、就任してもらいます。空いた大臣職には、信頼できる部下を推薦させましょう」

なるほど、経験者がいるのなら心強いな。

「いい案だな、それでいこう……ちなみに、今の財政状況はどうなっているんだ？」

「そうですね、なんとかやりくりして回している状況です」

「国が搾取しているという話も聞いているが」

その俺の言葉に、宰相は顔を歪める。

「はい、あの国王になって以来、様々な税率が上がって、以前の倍以上の税収になりました。ただ、国家運営に回ってくる金額はそこまで増えず……」

「全部貴族やら王族やらの懐に、ってことか」

宰相が頷く。

「なるほど……それであれば、国家運営に支障が出ることはないだろうから、まずは税率を元に戻す。細かい金の使い方については、俺は素人《しろうと》だから任せる」

新財務大臣が力強く頷いた。

と、そこでアイリスが声を上げた。

「ねえねえハルト、王族派の貴族はどうするの？　多分、税を上乗せして甘い蜜を吸ってる人たちがいると思うんだけど」

アイリスにしては鋭いな？

……ああ、そういやこいつ王女様だっけ。一応政治の勉強はしてるのか。

「そうだな。金の動きが明確になるように制度を整えてから、改めて各貴族を厳しく調査した方がいいな」

王族派でやましいところがある奴なら、この改革に不満を持つだろうから炙《あぶ》り出しやすいはずだ。

俺が目配せすると、宰相と財務大臣は頷いた。

「さて、それじゃあ次は農業か……候補はいるのか？」

「はい。ほとんど仕事をしなかった王族の代わりに、実質的なトップとして役人をまとめていた者を連れてきました」

宰相がそう言うと、午前中はいなかった青年が前に出てきた。

「レムルットと言います。今は貴族ですが元農民ということで、知識と経験を買われてまとめ役をしていました。精一杯務めさせていただきます」

「ハルトだ、よろしく頼む」

頭を下げるレムルットに言葉をかけていると、「あ」と鈴乃が声を上げた。

「ん？　どうしたんだ、鈴乃？」

「そういえば、うちのクラスに実家が農家の人いなかったっけ、二人くらい」

あー、言われてみればいた気がするな。これは都合がいいかもしれない。

「レムルットさん。勇者の中に、農業の知識を持っているかもしれない奴が二人いる。後で確認してレムルットさんのところに向かわせるようにするよ」

「なんと！　異世界の農業知識が得られるかもしれないのですね！」

顔を輝かせるレムルット。

そう、俺は彼の言う通り、地球の農業知識で何か役に立つものがあるのではないかと考えたのだ。

まぁ、該当するクラスメイトも、本人が農業をやってるわけじゃないからそこまで詳しくないかもしれないが……期待するくらいならいいだろう。

「よし。これであとは軍事か……これが厄介だな」

何せ、あの第一王子が大臣だったのだ。下手な人選をすれば暴走しかねない。

そこで天堂が宰相に尋ねた。

「騎士団長のグリファスさんじゃダメなんですか？」

「ええ、大臣は実働ではなく、軍の編成など全体の調整を行う役職です。また、この国には騎士団とは別に軍組織や警備組織があり、そちらも管理する必要がありますので……」

そんな宰相の言葉を引き継いで、ずっと黙っていた三十代後半の男性が口を開いた。

「グリファス団長なら、大臣としての業務は可能だと思いますが、騎士団にはあの方がまだまだ必要ですからね」

「えっと……誰？」

たしかこいつも午前中はいなかったと思うけど……

「ハルト、そいつはダザンという者だ。私と同期入団の、元騎士隊長だ」

「久しいな、クゼル元副団長――ハルト殿、ご挨拶が遅れました。ダザンと申します」

「ああ、よろしく頼むよ……ところで、なんで騎士団を辞めたんだ？」

俺の問いに、ダザンは頷く。

「クゼル元副団長と同じ理由です。エルフの里襲撃なんて、私には到底参加できない作戦を命令されたので……」

「ダザンは人間関係のバランスを取るのが上手くてな。いわゆる中間管理職として、騎士団上層部とそれ以外の調整役として活躍していたのだ」

へぇ、まさにさっき聞いた大臣にぴったりじゃないか？

「ええ、それと、たまに作戦の立案なども行っていました……なので、クゼルに続いて私まで辞めるとなった時、グリファス団長に泣きつかれましたよ。でも、これもクゼルと同じ理由で、騎士団長に理由を言うわけにはいかなかったので……」

ダザンのそんな言葉を受けて、宰相が苦笑する。

「私も、戦闘能力の高い副団長と優秀な調整役が一気に騎士団を抜けるなんて、と騎士団長に相談されましてね。私も作戦を聞かされてはいたので、なんとも答えられず……と、いうわけで、このダザンを軍事大臣にしてはどうかと考え、連れてきたのです」

なるほど、そういうことか。

「確かに話を聞いている限り相当優秀そうだし、経験もあるな……ダザン、引き受けてくれるか？」

「私でよければ喜んで！」

ダザンは力強く頷いてくれた。

「よし、これで各大臣は決まったな。運営の方は任せるが……もう一つ、俺から提案したいことがある」

「なんでしょうか？」

首を傾げる宰相。

「人間亜人問わず、不当な方法で奴隷にされた者を解放したいんだ。もちろん、奴隷制度を一切なくすわけじゃない。犯罪奴隷なんかは、労働力として社会に組み込まれているからな」

「なるほど、そちらについても関係各所で進めていきましょう……色々なところで、各大臣の力量が問われることになりそうですね」

俺の言葉に、宰相がどこか楽しそうに言う。

まぁこれまでは、私利私欲にまみれた王族によって押さえつけられていただろうしな。思いっきりやれるのが楽しみなんだろう。

あ、そうだ。

「皆聞いてくれ、俺や天堂たち勇者は、異世界の知識を持っている。まだ教育を受けている最中ではあったが、この世界にない発想や、異世界の先人が生み出した知恵を持っている者も多い」

俺はそこで言葉を区切って、大臣たちを見回す。

「だから、積極的に話を聞きに行ってくれ。きっと皆、アドバイスをくれると思う」

「「はい！」」

声を揃えて返事をする大臣たちの目は光り輝いている。

こうして、新生グリセント王国は一歩を踏み出したのだった。

第14話　これまでとこれから

その日の夕方、グリファス率いる騎士団の一部と、筆頭宮廷魔法師マルベルたち宮廷魔法師の一団が、王城へ戻ってきた。

どうやら、反王族派ともいえるグリファスとマルベルは、自身の派閥のメンバーのみを集め、数日前から西の街で合同演習を行っていたらしい。どうりで城の中に騎士も宮廷魔法師も少ないわけだよ。

城の惨状を見たグリファスたちは咄嗟に武器を構えたが、クゼルや宰相が状況を説明すると、すぐに納得してくれ、国の立て直しへの協力を約束してくれたのだった。


そしてその日の夜。

俺はフィーネたちを連れて、クラスメイトが集まっているという部屋に向かった。

部屋には天堂たちをはじめ、宇佐美先生やクラスメイト、全員が集まっていた。

そして部屋に入るなり、すさまじい勢いで質問されまくった。

まぁ、さっきは中途半端にしか説明してないし、そうなるよな。

「――皆、落ち着いてくれ。何があったのか、これからちゃんと説明する」

俺はそう前置きして、マリアナに追い出されたこと、森で殺されかけたこと、神様にスキルを貰ったこと、そして冒険者になってEXランクに上り詰めるまでを、皆に語って聞かせた。

皆はマリアナに騙されていたことを知ってショックを受けていたが、そんな中、宇佐美先生がハッとした。

「結城君、そのスキルをくれた方というのが本当に神様なら、元の世界に戻る方法も知っているのではないですか⁉」

その先生の言葉に、クラスメイトたちがざわつき、期待に満ちた目で俺を見てきた。

この世界にすっかり順応している者もいるかもしれないが、やはり心のどこかでは元の世界に――日本に戻りたいのだろう。

「あれ以来、神様とは会っていないのでなんとも……それに、戻っていった者がいないでもないが、その方法はわからない、とも言っていましたね。なんでも、勇者召喚自体が禁忌《きんき》だから神であっても干渉できない、と」

「そう、ですか……」

宇佐美先生もクラスメイトたちも、目に見えて落ち込む。

「そうだ、俺たちを召喚した王様なら何か知ってるんじゃないか!?」

「あれ、でも王様って……」

皆がこちらを見てきたので、俺は頷く。

「……殺しちゃった」

「「『ちゃった』、じゃないよ!?」」

全員からツッコミを受ける。

「まあ落ち着け、俺たちが召喚された部屋や、宮廷魔法師の連中とか書庫なんかを調べれば、情報は残っているはずだ」

「それはそうだけど……本当に帰れるのか?」

懐疑的な様子の折原の言葉を、俺は否定した。

「『帰れるのか?』じゃなくて『絶対に帰る』んだよ。神様は絶対に戻れないって言ったわけじゃないし、前例もある。今はまだ方法がわからないが、俺が絶対に見つけ出してみせる」

自信をもってそう言うと、全員が頷いた。

「……そうだな。だけど『俺』じゃなくて『俺たち』だろ？」

「ああ、全員で探すぞ！」

「そうよ！　皆帰りたい気持ちは一緒だもの！」

口々にそう言って、やがて歓声になる。

さっきまでの暗い表情とは打って変わって、ほぼ全員がやる気と希望に満ち溢れた顔になっていた。

そんな盛り上がりの中、思い出したように朝倉が手を叩く。

「そうだ結城君！　フィーネちゃんたちを皆にも紹介したら？」

あ、そうだった。そのために連れてきたんだよ。

さっき、俺の身に何があったのか説明する時に名前は出したけど、ちゃんとした紹介はしてなかった。

昨日の会議室にいたこともあってか、クラスメイトたちは興味津々といった様子でフィーネたちに注目していた。

「そうだな。紹介するよ。俺の仲間たちだ」

俺はそう言って、フィーネを手のひらで示す。

フィーネは注目を浴びて緊張しながらも口を開いた。

「フィーネと言います。ハルトさんとはグリセント王国とペルディス王国の国境の街ヴァーナで出会いました。冒険者に絡まれているところを助けていただき、それ以来、一緒に行動しています。今は――ハルトさんの婚約者《こんやくしゃ》です！」

フィーネの発言に、天堂たち以外の全員が一瞬固まる。そして――

「「「えええええええええええ!?」」」

声を揃えて驚きの声を上げた。

そんなに驚くことか？　……いや、驚くことか。

しかしその驚き冷めやらぬ中、アイリスがさらなる爆弾を投下した。

「初めまして。私はペルディス王国第一王女、アイリス・アークライド・ペルディス。フィーネと同じくハルトの婚約者よ！」

「「「はあああぁぁぁぁぁぁぁ!?」」」

再び声を揃えるクラスメイトたち。お前らノリいいな。

と、そこで折原がおずおずと尋ねる。

「その、第一王女ってことはアイリスさん、じゃなくてアイリス様のお父様って……」

「ペルディス王国の国王ね。あ、ハルトのクラスメイト？　なら、敬語も『様』も必要ないわよ」

「わかりま、いや、わかったよ。それで、婚約者ってのはまさか国王陛下公認なのか？」

婚約

「もちろんよ！」

アイリスが胸を張って答えると、汚いものを見る目を向けられた。

「こんな中学生くらいの子に手を……」

「流石に犯罪じゃないか？」

「おい結城、正直に話せ。今なら半殺しで許してやる」

いやいやいや、殺意高すぎだろお前ら！

男子が何人か武器取り出してんぞ！

「ま、待て！　手は出してないぞ！　な、アイリス！」

俺はそう言って助けを求めるが……

「そうね、まだね。私は全然いいのに……」

なんてもじもじしながら言った。

ちょっ、なんか俺に向けられる目がますます厳しくなったんだけどっ!?

これはいよいよ襲いかかられるかと思ったが……

「まぁ、手を出してないならセーフ、なのか……？」

「王様が許してるって話だし……」

「貴族なら普通なのかもしれないし」

と、それぞれ武器を収めた。

「それにしても婚約者が二人だなんて……」

「しかも美少女……」

「ああ、羨ましい！　妬《ねた》ましい！」

男子たちはまだブツブツと何か言っているようだったが、聞こえない振りをする。

ふっ、とりあえずこれでこの場は収まっただろう。次はエフィルの紹介だな。

そう思った時――

「そうそう。私も晴人君の婚約者になってるから♪」

鈴乃がそんなことを言い出した。

いや、そんなこと聞いてませんけど!?

「い、一ノ宮さん、本気で言ってるの？」

「鈴乃ちゃん、ついに告白したんだ！」

「うん！　やっと再会できた時に伝えたの！」

鈴乃の答えに、女子たちからきゃーっと黄色い歓声が上がる。

「それで一緒に行動することになったんだけど……フィーネちゃんとアイリスちゃんに相談したら、私ならいいよって」

いや、それはフィーネたちじゃなくて俺が決めることでは……？

そう思うが、鈴乃の話を聞いた女子の一人に詰め寄られる。

「結城君、ちょっといい？」

「なんだ？」

「結城君は、鈴乃ちゃんのことをどう思っているの？」

「いや、その……」

思わず言い淀《よど》んでしまう。

別に鈴乃のことは嫌いじゃない。再会して以来ずっと一緒にいて、楽しいと思うことはあるが……まさかこんないきなり婚約者宣言をされるとは思ってなかったからな、どう反応すればいいんだ。

「晴人君。私じゃダメ、なのかな……？」

そんな俺の反応を悪い方に受け取ったのか、鈴乃が悲しそうな目を向けてくる。

「……ダメとは言ってない」

「そ、それなら今、私のことをどう思ってるの⁉」

「それは……」

鈴乃はじっと、俺を見つめてくる。

「鈴乃のことは嫌いじゃない。むしろ、恋愛感情がないと言ったら嘘になる」

「……晴人君！」

「おわっ⁉　お、おい……」

俺の返事に、鈴乃は顔を真っ赤にして抱きついてきた。

周囲の女子たちからも歓声が上がる。

しばらくして泣き止んだ鈴乃は、皆に囲まれてお祝いの言葉をかけられていた。

そんな集団を見ながら、朝倉と東雲が俺の近くに来る。

「結城君、しっかりと鈴乃ちゃんを守ってあげなよ！」

「鈴乃を頼む」

「おいおい……」

俺はため息をついて、二人に問いかける。

「お前らな、俺をなんだと思ってる？」

「……クラスメイト？」

朝倉の回答に、俺は首を横に振った。

「俺は――世界最強の冒険者だ。鈴乃は必ず守る」

その言葉に、鈴乃を囲っていた女子たちが三度《みたび》歓声を上げる。

「いーなー、私も言われてみたいな」なんて声も聞こえてきた。

ちなみに当の鈴乃は、見たことないくらい顔を真っ赤にして俯いてしまっている。

……いや、そんなに恥ずかしがられると、こっちまで顔が赤くなりそうなんだが。

俺はこっぱずかしさを誤魔化すように、エフィルの紹介に移る。

「さーて、次はエフィルだな」

エフィルの手を引いて俺の前へと連れてきた。

「えっと、あ、あの、私はエフィルと言います。種族はエルフです。皆さんは今朝聞いて既にご存知かもしれませんが、里を襲われて奴隷として売られていたのを、ハルト様に助けられました……それと、私もハルト様と結婚したいです！」

「はぁぁぁぁぁぁっ!?」

俺は思わずそんな声を上げたが、クラスメイトたちはもはや、驚きもしていない。

驚いているのは俺だけという有様《ありさま》だった。

「フィ、フィーネさんはどうお思いで？」

俺は恐る恐る、フィーネに尋ねる。

鈴乃はともかくエフィルまでなんて、増やしすぎだと怒られそうだからだ。

しかし――

「私ですか？　エフィルがハルトさんに好意を持ってることはわかってましたし、こうなるだろうってアイリスと話してましたよ？」

「……え？」

アイリスを見る。

「ええ、そうよ！　もちろん、エフィルに反対なんてしないわ。これで四人ね、流石ハルト！」

俺は言葉を失ってしまった。

まさかこんなことになるなんて、思いもしなかったのだ。

「おい結城……」

「結城……？」

そして男子たちからは、さっきよりも強い殺気を向けられていた。

やはり武器を構えている奴がいたが、本気で飛びかかってきそうな奴はいなかった。多分今朝の会議で俺が向けた威圧から、敵《かな》わないと理解しているのだろう。

そんなクラスメイトを放置して、エフィルは俺ににじり寄ってくる。

「ダメ、ですか？」

そう言って、瞳を潤《うる》ませて上目遣いで見てきた。

「……ダメとは言ってない」

「では……」

「ああ、よろしくな」

「はい♪」

まぁ、今さら断る理由なんてない。

男子からの嫉妬《しっと》に満ちた殺気と、女子からの「リアルハーレム……」という呟きは無視する。

宇佐美先生は展開についてこられなかったのか目を白黒とさせていたが、しばらくしてようやく理解したのか、顔を真っ赤にしていた。

と、そこで俺はふと気になったので尋ねる。

「……そう言えば、なんで皆は王都にいたんだ？　天堂たちと同じタイミングで旅に出たって聞いてたけど」

「確かにそうだね。国王が言っていた三ヶ月にはまだ早いけど、どうしたんだい？」

俺と同じ疑問を抱いたらしい天堂が問うと、折原が答えてくれた。

「ああ、それは――」

どうやら勇者たちが王都を出発して一ヶ月が経った頃、国王から旅の期限を二ヶ月に変更するという連絡があったそうだ。

それでちょうど二ヶ月となる昨日、宇佐美先生含め、俺と天堂たち以外のクラスメイト全員が王都に揃った……ということらしい。

「え？　僕のところにそんな連絡来てないけど？」

「やっぱりそうなのか。伝令の人に、光司たちがどこにいるか知らないか聞かれてたんだが……」

不思議そうにする天堂と折原を見て、鈴乃が声を上げる。

「あっ、もしかして王都を出て一ヶ月って、私たちはエルフの里にいたんじゃないかな？」

その言葉に、朝倉が指折り数える。

「……あっ、ほんとだ！　そりゃ、私たちがエルフの里にいるなんて思わないから捜せないよね」

最上と東雲も、納得するように頷く。

それを見つつ、折原は話を続けた。

「そういうことだったんだな——で、宿で休んでたらあの騒ぎだろ？　民を助けるために外に出て、苦戦してるところをエルフに助けられ……って感じだな」

「なるほど。咄嗟に民を助けるために動くなんて、やっぱりお前たちは勇者だよ」

俺が感心してそう言うと、折原たちは照れくさそうに笑う。

その日は解散するまで、この異世界で起こったことを語り合ったのだった。

第15話　模擬戦

——翌日。

俺は朝早くから、会議室で宰相たちの報告を受けていた。

といっても、昨日の今日だから特に変わったことはない。

役人は、大臣が変わったことや体制の変更を、国王の死とともに喜んで受け入れたそうだ。

……王族、どんだけ恨まれてんだよ。こりゃ俺が何かしなくても時間の問題だったかもな。

一部王族派に怪しげな動きもあったそうだが、改革はおおむね順調に進みそうとのことだった。

「……さて、今日は何するかな」

改革は進んでいくが、いちいち俺が細かいところまで口を出すわけではない。成果は確認するつもりだが、それだけだ。

というわけで、さっそく暇になってしまった。

フィーネとアイリスを連れて、ぼーっとしながら城の中を散歩していると、たまたま通りかかったクラスメイトとすれ違った。

「おっ、結城。暇なら模擬戦しないか？」

こいつらは吾妻大五郎《あずまだいごろう》、鈴木雅人《すずきまさと》、近衛和真《このえかずま》。三馬鹿トリオと呼ばれている奴らだ。

「そうそう。実力試しってやつで」

「俺ら、今から体動かそうと思っててさ」

へぇ、模擬戦か。

そういえば天堂たち以外の勇者の実力をこの目で見てないから、今のうちに確認しておきたいな。

「よし。やるか。たまには体を動かさないとな」

「そう来ないと！　場所は王城内の訓練場だから、すぐに来いよ！」

そう言って三馬鹿は走っていった。

一緒に行けばいいじゃん……と思ったのだが、いざ訓練場に辿り着くと、宇佐美先生以外の勇者が勢揃いしていた。あいつら、全員に声かけやがったな。

訓練場を使っていたらしいグリファスと騎士たちは、いったいどうしたんだと言いたげに勇者たちを見回す。

そして、天堂を見つけたグリファスが声を上げた。

「テンドウ殿、どうしたのだ？　勇者も勢揃いじゃないか」

「お久しぶりですグリファスさん。少し模擬戦をしようかと思いまして」

「そうか。我々はもう終わるところだったから、自由に使ってくれ。見学しても？」

「ええ、大丈夫ですよ」

え？　騎士団にも見られんの？

「そうか。よし皆。今日の訓練は終わりだ！　勇者様たちが模擬戦をするらしいから観戦するぞ！」

グリファスの言葉に、騎士たちは歓声を上げた。

「あ、ちなみに、晴人君もいますので……ほら、ちょうど来たみたいです」

「おお、この目でハルト殿の戦いぶりを見られるのか！　楽しみにしているぞ、ハルト殿！」

……勝手にハードル上げるの、やめてくれない？

「ははっ、まあ頑張るよ」

俺はそう愛想笑《あいそわら》いして、天堂たちとともに訓練場の中心に向かう。

「それでどうする？　ほんとはグループとかパーティごとに模擬戦をやる予定だったんだけど……せっかく結城がいるんだし、一対一にするか？」

そんな吾妻の言葉に、俺は首を横に振った。

「いや、俺対パーティ全員でいいぞ。全力でかかってこい」

「おいおい、俺たちだって勇者だぞ？　いくらお前がEXランクだって言っても……なぁ天堂？」

鈴木がそう言って、天堂を見る。

俺と行動をともにしていた天堂なら、判断を任せていいと思ったのだろう。

しかし、天堂どころか最上や鈴乃たち、天堂のパーティ全員が首を横に振った。

「……いいや。僕たちも一対五で、全力でやったことがあるけど……」

「弄《もてあそ》ばれたな」

「だね……」

「しかも全然全力出してなかったし」

「アレは無理」

五人とも、現実逃避するように遠い目をする。

一方で鈴木たちはざわついていた。

「は？　お前らのパーティが俺らの中で一番強かったじゃねえか」

「冗談だろ？」

「そんなの、一対一とか絶対無理じゃん」

全員が全員、完全に諦めてしまっていた。

おいおい、相手の力量を確かめる前に諦めるなよ……

そんなことを思いつつ、俺は勇者たちのステータスを確認していく。

うんうん、やっぱり俺が鍛えた天堂たちほどじゃないけど、普通の冒険者と比べたらそれなりに強い、って感じかな。

ギフトも派手なものはあまりないけど、けっこう強力そうなのを持ってる奴が多い。

あと、この訓練場に来てから数人単位で固まってるみたいだけど、多分パーティごとに一緒に行動しているんだろう。そのことを踏まえてギフトを見ていくと、けっこうバランスがいいパーティがいくつかあった。

……うん、連携を深めてレベルを上げていけば、どんどん強くなるだろうな。

とはいえ、俺が倒した魔王軍の四天王ギールのレベルは１３０超え。

この調子じゃ、四天王を倒せるようになるまでにも相当時間がかかるだろう。

いまだにざわついているクラスメイトたちにため息をつきつつ、俺は挑発するように問いかける。

「……それでやるのか？　まさかとは思うけど、ビビったからやりたくない、なんてことはないよな？」

「や、やるに決まってるだろ！」

「当たり前だ！」

「そうよ！　やってやるんだから！」

全員がそう言って、気合いを入れている。

敵わないとわかっていても挑む姿勢は好印象だな。

「そうか。それじゃ、誰からやる？」

そう言って見回すと、ニヤニヤしながら御剣に駿河、松葉が前に出てきた。

「そしたら俺たちとやってくれねえか？　それとも負けるのが怖いか？」

はぁ、ここでも出てくるのかよ。

こいつらのステータスじゃ、どうやっても俺どころか天堂たちにも勝てないと思うんだけど……

さっきの話聞いてなかったのか？

どうしたものかと考えて黙っていると、御剣はますます調子に乗る。

「おいおい、だんまりかよ。お強いんじゃないのか？」

「いや、こいつのことだから全部嘘かもしれないぞ」

「ありえるな」

そう言って笑う御剣たちに、それまで黙って聞いていたフィーネが声を荒らげる。

「あなたたち！　いったい何なんですが！」

「よせ、フィーネ」

「でも！」

「いいんだよ」

こんな奴らの相手をする時間が無駄だ。

サクッと気絶させて終わらせよう。

そう思ったのだが――

「どうせそこにいる女も魔法か何かで操っているんだろ？」

「じゃなきゃ、お前についていくヤツがいるわけないもんな」

「くくっ、言えてるな。学校でもモテてなかったし」

どうやったらそんな発想が出てくるんだ？

呆れていると、今度はアイリスがキレ始めた。

「ハルトはそんなことしないわ！」

「アイリスもよせって。こいつらはそういう奴らなんだよ」

そう言ってわざとらしくため息をついて見せる。

「んだと！」

「馬鹿にしているのか！」

「調子に乗るなよ！」

すると案の定、三人は顔を真っ赤にして怒鳴ってきた。

馬鹿にしてるのも調子に乗ってるのも、お前らだと思うんだが。

「……まあいいさ。相手してやるよ」

「へっ、後悔するなよ！」

「ボコボコにしてやる！」

「情けない姿をみんなに晒《さら》して泣くんじゃねえぞ！」

はいはい。っていうかこいつら、よくこんな三下みたいな言葉がポンポン出てくるよな。

「それじゃあグリファス、開始の合図を頼めるか？」

「ん？　ああ、構わないぞ」

呆れたような目で御剣たちを見ていたグリファスだったが、俺の言葉に頷く。

そしてフィーネたちや他の勇者たちが退避して、俺と御剣、駿河、松葉が対峙する。

三人の表情はやる気に満ち溢れている。きっと頭の中は俺に恥をかかせることでいっぱいなんだろう……もっと他のことにやる気を向ければいいのに。

「準備はいいな――開始！」

グリファスの合図で、模擬戦が始まった。

開始と同時、三人は殺気を向けてくる。

うん、ボコボコどころか殺《や》る気みたいだな……まぁ、この程度そよ風みたいなもんだけど。

さっそく駿河が、こちらに向かって手のひらを向け、魔法を放ってきた。

「――ファイヤーボール！」

うん、やっぱり大した威力じゃないな。様子見のつもりか、実は全力なのか……

そんなことを思いながら、俺は無詠唱でファイヤーボールを打ち返し相殺した。

「「「無詠唱!?」」」

三人は驚きの声を漏らす。

「いやいや、初級の魔法なら誰でも無詠唱で放てるだろ？　……あっ、もしかしてできないのか？

おいおい、勇者の肩書が泣いてるぞ」

いや、こいつのステータスに無詠唱があるのは知ってるんだけどさ。なんでわざわざ詠唱したんだろうな。

「う、うるさい！　それくらい俺にだってできる！」

御剣はそう言って、無詠唱でエアカッターを放ってきた。

ほんと、単純でわかりやすい奴だ。

俺はエアカッターが迫ってきたところで、右手を振るう。

途端、エアカッターが掻き消えた。

「な、な、何が……」

御剣たちは、何が起きたかわからず動揺していた。

観戦しているクラスメイトたちや騎士たちも、何が起きたのかとざわついている。

ちなみに今のは、重力魔法を展開して掻き消しただけだ。

しかし展開は一瞬、しかも目視しづらい重力魔法だったため、フィーネや天堂たち以外は気付いていないようだった。

動揺から立ち直った御剣は、苛立ったように叫ぶ。

「ちっ！　魔法がダメなら接近戦だ！　行くぞ！」

「おう」

「わかってる！」

御剣と松葉は剣を、駿河が槍《やり》を構える。

そしてフォーメーションを組んで、三人で襲いかかってきた。

最初に仕掛けてきたのは駿河。俺を串刺《くしざ》しにしようと連続突きを放ってくるが……

遅い、遅すぎる。正直止まって見えるほどだ。

俺は身体強化系のスキルを使ってないのにこれって……まあ、レベル差が十倍近くあるし、しょうがないのか？

それに、横合いから斬りつけてくる御剣と松葉の剣も、俺に届いていない。

「なんで、なんで当たらないんだよ！　どんなスキルを使った！　言え！」

なかなか当たらないことにむしゃくしゃしたのか、駿河がそんな声を上げた。

「なんでと言われてもな……お前が遅いだけだろ」

「……っ！　クソがぁっ！　喰らえ——疾風突《しっぷうづ》き！」

駿河が技名を唱えると同時、槍を風が包み、突きの速度がほんの少し速くなった。

……そう、少し早くなっただけである。

俺はそれを、あっさりと避けた。

「なん、だと……？　あの一撃を避けるなんて……」

そう零し、絶望の表情を浮かべる駿河。

え、もしかしてあれが最強の技なの？　え？　マジ？

あまりのしょぼさに逆に動揺していると、御剣が突っ込んできた。

「ここだ！　死ね！」

「バレバレだ」

俺は半歩移動し、御剣の剣を躱した。

いや、そんな大声出してたらバレるだろうよ。

「なッ!?　——だがまだだ！」

御剣が振り下ろしていた剣が、突如燃え上がる。

そして御剣は、俺を狙って剣を振り上げた。

火魔法か風魔法か、どちらかはわからないが剣は異様に加速する。

そのまま俺を斬れると確信したのか、御剣は口角を上げ——

剣が俺の体に当たる前に停止した。

いや、正確には、俺の指先によって止められていたのだ。

「――なっ……」

御剣は絶句している。

「何固まっているんだ？」

「な、な、なんで止められるんだ!?　スキルで加速した燃えている剣だぞ！」

「そんなに火力高くないし、攻撃自体もそんなに強くなかったし……もしかして、必殺技か何かだったか？」

いや、煽ってるとかじゃなくて純粋に疑問なんだけど……

そんな俺の反応が気に食わなかったのか、御剣がキレた。

「ふざけるんじゃねえぇぇぇ!!」

御剣は剣から手を放し、その拳に雷を纏わせて殴りかかってくる。

「三属性も使えたのか……でもまだまだだな」

風に火に雷か、才能はあるみたいだし鍛えればそれなりに強くなりそうだが……とりあえずこの拳は遅いな。

俺が軽く弾くと、御剣から驚きの声が上がったが無視して一歩下がる。

次の瞬間、俺がいたところを松葉の剣が通り過ぎた。

「なんでわかった!?」

「気配だよ。もっとしっかり隠せ」

俺はそう言って、松葉と御剣をまとめて軽く蹴り飛ばす。

それからも三人は必死に攻めてきたが、攻撃はかすりもしなかった。

はあはあと息を荒くする三人に、俺は尋ねる。

「もういいか？　今度はこっちから行くぞ」

その言葉と同時、威圧を発動。

「うっ……」

「な、なんだこれ……？」

「体が、重い……」

三人は俺から放たれるプレッシャーに一歩、二歩と後ずさっていた。

「行くぞ」

そう言って俺は動く。

「――ぐぁっ!?」

そして一瞬で距離を詰め、松葉を蹴り飛ばした。

「っ！　てめぇ！」

「よくも亮をやりやがったな！」

御剣と駿河はそう叫び、俺を睨みつける。

へぇ、これで俺から視線を切らさないのは予想外だな。

俺が感心していると、御剣と駿河が同時に動き出した。

御剣の剣を避ければ駿河の槍が迫り、槍を弾けば剣が振るわれる。

しかし、訓練前のエルフの連携と比べてもお粗末《そまつ》で、全く攻撃が当たる気配がない。

そしてなかなか攻撃が当たらないことにイライラしてきたのか、一撃一撃がだんだん大雑把《おおざっぱ》になってきた。

「そんな攻撃じゃあ、俺には届かない。っと」

「なっ。消えた⁉」

「後ろか！」

駿河は勘で振り返ったのだろう。

俺は既にその時には、二人から距離を取って立っていた——槍を持った状態で。

「なんだ？　俺と槍でやり合おうってか？」

そんな駿河の言葉に俺は答える。

「もちろんだ。こう見えて槍術のスキルも持っていてな」

「——調子に乗るな！」

プライドに障《さわ》ったのか、駿河が声に怒りをにじませる。

「おい待て隼人！」

「任せろ、槍なら俺に分《ぶ》がある！　あの舐《な》め腐った結城をぶっ倒してやる！」

御剣の静止を聞かず、駿河はこちらに向かって槍を構え、突っ込んできた。

「喰らえ、俺の必殺技を！」

「ああ、来い」

必殺技なんて残してたのか？　ちょっと面白そうだから様子を見るか。

「もう止められないからな！」

「早くしてくれ」

なんだ、止めてほしいのか？

「くっ、調子に乗りやがって！」

駿河は槍に魔力を込めつつ、そしてついに俺を間合いに捉えた。

「──必殺・爆裂槍乱撃《ばくれつそうらんげき》！」

突っ込んできた勢いのまま繰り出された槍先に、込められていた魔力が集まっていく。

そして先端に魔力が達した瞬間、その魔力が爆発した。

しかも『乱撃』と名前にある通り、槍は何度も繰り出され、その度に槍先の魔力が爆発する。

「悪くない技だ」

俺はそう言いつつ、すべての突きを槍で弾き、軌道を逸らしていく。

「なんで、なんで当たらないんだ。なんでこの速度の攻撃を弾ける！」

悔しげにそう叫ぶ駿河に答える。

「戦闘経験とレベルの差だ。俺からしてみれば、お前の攻撃程度、止まって見えるんだよ――まだまだだったな」

そう言って、駿河の槍を大きく弾く。

「いいか？　槍はこうやって扱うんだ」

そしてバランスを崩した駿河へと、連続で突きを放つ。

駿河は手に持つ槍でなんとか防ごうとするが、二、三合で槍を弾き飛ばされてしまった。

そしてついに、その頬に一筋の線が走る。

「――いっ、ヒィッ⁉」

顔の横で止められた俺の槍に、駿河は情けない悲鳴を上げた。

「お前の負けだ、大人しくしてろ」

俺の言葉に駿河は頷きかけるが、そこへ御剣が斬りかかってきた。

「まだ終わってないぞ！」

俺は剣を槍で弾きつつ問う。

「槍も手放したのに、この状況でどう戦うってんだ？」

「うるせえ！　お前なんか素手で十分だ、なあ隼人！」

「あ、ああ！」

はぁ、この期に及んでまだそんなこと言ってるのかよ、めんどくさいな。

「そうか。なら──」

俺はそのまま、駿河の鳩尾を槍で突いた。もちろん、穂先でなくて石突の方で。

駿河は呻《うめ》きながら、白目を剥いてその場に崩れ落ちる。

「これでいいだろ？」

駿河が気絶するのを見た御剣は、ギッと俺を睨んだ。

「よくも！」

「おいおい。これは模擬戦だろ？　そんな目で見ないでくれ」

しかもお前から突っかかってきたんじゃないか。

「うるさい！　うるさいうるさいうるさい！」

御剣は駄々《だだ》をこねる子供のように叫ぶと、魔力を高めていく。

「おい馬鹿！　ここにいる全員を巻き込む気か！」

止めようとするのだが御剣は聞かない。

「うるさい！　お前さえ、お前さえいなければ！　──大爆発《エクスプロージョン》！」

御剣が魔法名を叫ぶと同時に、圧縮された炎の塊が現れる。

腐っても勇者ということなのか、込められた魔力からすると、けっこう威力がありそうだ。だいたい、この訓練場を吹き飛ばすくらいいか？

正直それでも俺にダメージが入ることはないのだが……他の勇者はともかく、騎士とかいるしなぁ。

「はぁ……仕方ない——空間断絶結界《イージス》」

俺はため息をついて、爆発する寸前の火球を結界で包む。

直後、魔法が発動したが、結界が破壊されることはなかった。

渾身の一撃を俺にあっさり防がれ、御剣は呆然としていた。

「あり、えない……ありえないありえないありえない！　無能のお前に防げるわけが——」

「うるせーよ」

「——ひっ⁉」

俺が低い声でそう言うと、御剣が悲鳴を上げて後ずさった。

と、少し前に目を覚ましていたらしき松葉と駿河が、御剣のもとへ駆け寄ってくる。

「おい健人、大丈夫か？」

「あ、ああ……」

「おい結城、俺たちも目を覚ましたんだ。続きを——ッ⁉」

松葉は懲《こ》りていないのか、そう言ってこちらを睨みつけようとして……言葉に詰まった。

俺が威圧を発動したからだ。

俺はゆっくりと歩み寄りつつ、御剣に問う。

「おい御剣」

「な、ななななんだ」

「なぜあの魔法を使った？　もし俺が防がなかったら、皆に被害が出ていたことくらいわかるだろう」

「そ、それは……」

俯く御剣。

「もし俺の仲間に傷一つでも付けてみろ、お前をこの手で殺していたところだ」

まぁ正直、フィーネたちならあの程度防げたと思うが。

「殺して……って、俺たちはクラスメイトだろ!?」

「そ、そうだ！」

松葉と駿河がそう口を挟んでくる。

「お前らは黙ってろ」

「「ヒッ！」」

軽く睨むと一瞬で静かになる二人。

そんな二人を無視して、俺は御剣に語りかける。

「クラスメイトだろうが何だろうが容赦《ようしゃ》しない。俺の仲間を危険に晒すような奴は――殺す」

訓練場の空気は張り詰め、誰かが喉《のど》を鳴らす音がやけに響いた。

「今回は大目に見といてやるが、勇者だからって調子に乗るのもほどほどにしておけ。次に変な真似をしてみろ？」

そこで威圧をさらに強く発動した。

「――確実に殺す。次はないと思え」

そこで三人は威圧に耐えきれなくなったのか、泡を吹き気絶してしまった。

観客には威圧は向けていなかったが、俺から放たれるプレッシャーは伝わったのだろう、少し顔を青くしていた。

俺は三人の処理をするため、グリファスに声をかける。

「グリファス」

「……」

「おいグリファス。聞いているのか？」

もう一度声をかけると、グリファスはハッとした表情で返事をする。

「……あ、ああもちろん。止めてくれて感謝する」

「気にするな……というかこちらこそ馬鹿がすまないな」

「いや、被害がなくてよかったよ」

安堵した様子のグリファスに、俺は指示を出す。

「それで、この三人を地下牢《ちかろう》にでも放り込んでおいてくれるか？　ちょっと反省させたいし……どうせロクなことをしてなかっただろう？」

「まあな。勇者だからって好き放題していたようだ。いろんなところから苦情が来ていて、どうしようかと思っていたんだよ」

やっぱりそうか。

「ならちょうどよかった……と言っていいのかな。とにかく、こいつらを頼んだぞ」

「ああ、任せてくれ」

グリファスはそう言うと、騎士に命じて三人を牢へと連れていってくれた。

それを見送った俺は、皆に向き直って仕切り直す。

「――さて、模擬戦を再開するか。安心しろ、お前らのことをあんなボコボコにするつもりはないからさ。楽しくやろうぜ」

第16話　ステータスと王女の策謀

それから一時間ほどで、全パーティとの模擬戦が終わった。

やはり予想通り、ちょっと強めの冒険者と同じくらいの実力だったな。

俺は全員を集めて座らせ、前に立つ。

「お前らのだいたいの実力はわかった。冒険者ランクにしたら、Bランク中位～Aランク下位、って感じだな」

強い奴でも、出会った頃のクゼルには勝てないくらいかな。

「まぁ、思ってたよりは戦えてるし、いい感じに連携できてるパーティもあった。あとはひたすら鍛錬あるのみだが……まだまだ強くなれるんじゃないか？」

俺がそう言うと、皆やる気に満ち溢れた表情になった。

「で、まだやりたい奴はいるか？　相手になるぞ」

しかしその言葉で、全員が一瞬で顔を青くして一斉に首を横に振った。

多分俺の強さが身に染みたんだろうけど……そんなに拒否しなくても。

「じゃあ、あとは各自訓練、俺は様子を見てアドバイスするって感じで……ってどうした？」

締めようとしたところで、吾妻が挙手していた。

促すと、吾妻は立ち上がって拳を握る。

「フィーネさんにアイリスさん、俺たちと戦ってくれないか！」

ん？　なんでだ？

振り向くと、フィーネもアイリスも困惑した様子で首を傾げている。

「二人は結城の仲間なんだろう？　だったら実力を知りたいんだ！　強い奴と訓練したいけど結城は強すぎるし……あとどうせだったら可愛い子の方がいい」

おいこら、後半。

「まぁ、フィーネたちがいいならいいけど……どうだ？」

「ええ、構いませんよ」

「私もいいわよ！」

というわけで、フィーネたちが勇者の相手をすることになった。

そして十五分後……

「なぜ、なぜだ！　なぜ勝てない！」

「弱いのか！　俺たちが弱いのか!?」

「女の子に勝てないなんて、勇者の名が泣いてしまう……!!」

三馬鹿は膝を突いて嘆いていた。

結果はフィーネとアイリスの圧勝だった……わかってたけど。

武器の性能もあるだろうけど、ユニークスキルも相まって、二人の戦闘力はAランク上位、いやSランクに届くかもしれない。

それから三馬鹿以外のパーティも二人に挑んでいたが、技術で攻めるフィーネと、圧倒的な速度で翻弄《ほんろう》するアイリスに、誰も勝てないのだった。

模擬戦と訓練を終えて休憩していると、折原が声をかけてきた。

「なあ、今の結城のレベルってどれくらいなんだ？　俺たちを圧倒できるし、ペルディスの王都に迫った一万の魔物を殲滅したってのも本当なんだろ？」

その言葉に、クラスメイトの全員が俺を見た。

誰も彼も、好奇心に満ち溢れた目だ。

それでも勝手に鑑定を使わないってことは、気を遣ってくれているのか、ただ俺に怒られるのが嫌なだけか……

「はぁー……ま、お前らならいいか。でも誰かに言ったら……」

「……言ったら？」

「――生まれてきたことを後悔させてやる」

ニヤリとしてそう言うと、一同は顔を青くして全力で頷いた。

「よし。じゃあステータスごと見せるよ――ステータスオープン」

俺は目の前に表示されたステータスの画面を皆に見せるが……誰もがポカンと口を開いて固まってしまった。

「……どうした？」

その声に反応してか、折原が言葉を漏らす。

「……し、信じられない」

……そんなに驚くか？

俺は改めて、自分でもステータスを確認する。

名前　：結城晴人
レベル：355
年齢　：17
種族　：人間（異世界人）
ユニークスキル：万能創造　神眼《ゴッドアイ》　スキルMAX成長　取得経験値増大
スキル：武術統合　魔法統合　言語理解　並列思考　思考加速　複製《コピー》　修羅　限界突破
社交術
称号　：異世界人、ユニークスキルの使い手、武を極めし者、魔導を極めし者、超越者
EXランク冒険者、魔王、殲滅者

あー、エルフの里での特訓とイビル戦でまたレベルアップしたか。

スキルはここ最近全然取れてなかったから特に変わってないな。

ま、こんなもんだろうな。

……うん、普通に考えたらヤバいステータスだった。

「ありえねー……」

「レベルが350超えって……私たちの五倍以上あるじゃん」

「こんなの勝てないだろ」

「ユニークスキルも多いな……」

「武術統合と魔法統合って？」

ざわつくクラスメイトの疑問に答える。

「その二つは、スキル数が多かったから表示が統合されてるだけだな。魔法系と武術系、それぞれまとまってるが……統合されたキル数は俺も全部は把握できてないな」

その回答に一同は「ありえねー」と言葉を零した。

「なあ結城。称号の『魔王』ってなんだ？　あと『殲滅者』ってのも気になる」

「それか……あんまり説明したくないんだけどな……」

個人的には非常に不本意なその理由を説明すると、クラスの半分がニヤニヤし始めた。

って おい、今「中二病……」とか呟いた奴誰だよ！


模擬戦を終えた俺たちは、会議室に移動した。

せっかくほぼ全員集まっているので、これからのことを決めたいと思ったのだ。

メンバーはさっき模擬戦に参加していた俺、フィーネ、アイリス、そしてクラスメイトたち。

そこにアーシャ、クゼル、エフィル、エイガン、宇佐美先生にも来てもらった。

皆の前に立った俺は、全員の顔を見回してから口を開く。

「さて、今後のことについて話し合いたいと思う——まず俺が考えているプランとしては、今はペルディス王国に戻ったり他の国に行ったりせず、もう少しこの国の立て直しを手伝おうと思っている。召喚陣の調査もしたいしな」

その言葉に、フィーネとアイリス、アーシャが頷く。

「私はもちろん、ハルトさんについていきますよ」

「もちろん私もよ！」

「私も姫様とハルトさんについていきます！」

そんな三人に頷くと、エフィルがおどおどと声をかけてきた。

「あの、ハルト様。もちろん私もハルト様についていくのですが、里に今回のことを知らせたりしたいと思っていまして……」

そんなエフィルの言葉に、エイガンが申し出る。

「エフィル様、それでしたら私どもにお任せください。既に報告のために里に戻った者がおりますし、今回作戦に参加した半数はこのまま帰還する予定です。私を含めたもう半数は、王族の監視などのためにここに残ります」

「ありがとうエイガン。ハルト様、それでは私もにご一緒します！」

「わかった、ありがとうエフィル……クゼルはどうする？」

俺はそう言って、次はクゼルに顔を向ける。

「うむ、もちろんついていくぞ！」

「そ、そうか。『もちろん』なのか……」

まあいいんだけどさ。

そして俺は最後に、天堂たちを見る。

「天堂、お前たちはどうする？」

俺がフィーネたちと話している間、何やら話してたみたいだし、何かしら方針は決まっているだろう。

そして天堂は、まっすぐに俺を見つめる。

「晴人君、魔王軍の四天王は、レベルが１００以上あるって話だったよね」

「そうだな。俺が倒した奴が１３７だったか。他の奴らもそれくらいだろう」

「魔王……あ、本物の魔王の方ね。そっちはきっと、それ以上にレベルが高いよね」

変な気を遣うな、逆にいたたまれないだろ。

「……多分な」

俺の答えに、天堂は頷く。

「きっと今の僕たちじゃ、魔王どころか四天王も倒せないと思う。だからダンジョンにでも行って、レベルを上げたいんだけど……」

なるほど、いい心がけだな。

俺はさっそく、神眼《ゴッドアイ》のマップ機能で、ちょうどいいダンジョンがないか探していく。

すると一つ、ナルガディア迷宮という場所を見つけた。なぜかボスの情報が見えないのは気になるが……まぁ、全体的なレベルからするとそこまでヤバくはないだろう。

「わかった……ナルガディア迷宮ってダンジョンがあるんだが、そこに行って訓練してこい。目標は、パーティ単位で余裕でクリアできるようになることだな。そうすれば、四天王と戦えるくらいまでは力が付くはずだ……ちなみに今のお前らなら、ちょっと厳しいけどギリギリ中層くらいまではいけるかな？　ってくらいの難易度だな」

その言葉に表情を険しくするクラスメイトたち。

「安心しろ。何かあれば助けに行くし、いずれにせよ一週間遅れくらいで俺たちもそっちに行く予定だ。とっておきのアイテムも渡しといてやるよ」

「アイテム？」

「ああ、即死級の魔法攻撃から、一度だけ身を守ってくれるアイテムだ。物理攻撃は防げないから気を付けろよ」

俺はそう言って、そのアイテムを見せる。

名前　：守護の護石

レア度：伝説級《レジェンド》
備考　：このアイテムを身に着けている者を、死に至らしめるあらゆる魔法攻撃から一度だけ守護する。
使用された直後、このアイテムは消えてなくなる。

国宝クラスのアイテムに、クラスメイトたちが息を呑む中、宇佐美先生が尋ねてきた。

「結城君、そんなアイテムをどこで手に入れたんですか？」

「いや、手に入れたっていうか作ったんですよ、スキルで」

俺がそう答えると、さっきステータスを見ていなかった先生は絶句してしまったのだった。


それから場所を教えたり、準備の必要があるので出発を二日後にすることなどを決めたりして、会議は終了となった。

ところが会議室を出ようとしたタイミングで、鈴乃に呼び止められた。

「晴人君。迷宮って私も行くの？」

「ああ、鈴乃も行ってこい。じゃないと俺たちとの実力の差が開いていくだけだ」

「むぅ～、一緒にいられると思ったのに……」

鈴乃は頬を膨らませると、先に部屋を出ていた天堂たちのもとに駆け寄っていく。

そんな鈴乃から話を聞いたらしき東雲と朝倉が、こちらに振り返って俺をキッと睨み、べーっと舌を出してきた。

何なんだよ、いったい……

◇　◇　◇

──その日の夜。グリセント王国第一王女のマリアナは、自室で怒りに燃えていた。

『なぜ私がこのような仕打ちを受けなければならないのですか！　これも全部、お父様のせいです！』

そんな思いは、声には出さない。騒げばエルフたちに殺されるかもしれないからだ。

『それに、あのユウキハルト！　死んだはずではないのですか!?　指示をした騎士も私に従順でしたし、状況からして生きているはずがありません。お父様も、同姓同名のＥＸランク冒険者がいるが偶然だろうと言っていたではありませんか！　まさか本人だなんて……どうやって生き延びたというのですか！』

しかしそんなことを考えたところで、答えがわかるはずがない。

マリアナは思考を切り替え、この牢獄《ろうごく》と化した自室を脱出する方法を考えることにした。

問題は、奴隷紋を刻まれていること。

最初はハッタリかと疑っていたマリアナだったが、殺された公爵の様子を見て、事実だと確信していた。

奴隷術は、かけた本人でなくても同等以上のレベルの術者であれば解除することができる。晴人の奴隷術がレベル10という、他に到達したものがいないほどの高レベルであることを知らないマリアナは、どうやって奴隷術を使える者に協力させ、奴隷紋を消させるかを必死に考えていた。

そんなマリアナへと、突然声がかけられる。

「――あまり変なことは考えるなよ？」

天井から降ってきた声に、マリアナは肩を震わせた。

この声は、王族を監視するエルフのもの。

『変なこと』というのが『ユウキハルトに歯向かうこと』だというのは、マリアナも理解していた。

現にあの公爵以外にも、既に二人、死んだ者がいるとメイドから聞かされている。

そのため、マリアナは声の震えを隠しながら答えるのが精一杯だった。

「安心してください。そのような考えはございません」

そんなマリアナの答えに、監視をしていたエルフ――エイガンが天井を外して降りてくる。

「フッ、それはどうだか。王を殺され権力の座を追われたとなれば、内心穏やかなはずがあるまい。その気持ちはよくわかるぞ――何せ、私も大切な里を襲われ、敬愛する長や家族、友人を奪われたのだからな。今すぐにすべての王族を殺してやりたいくらいだよ」

エイガンの言葉は八割本心であった。

元凶である国王は前里長の忘れ形見であるエフィルが殺し、第一王子とその部下だった騎士たちは、イビル化したのを自らの手で殺すことができた。

無辜《むこ》の民まで殺しては、あの国王と同レベルということになるし、そもそも人間全体に恨みがあるわけではない。

そんなわけでほとんど気が済んでいたエイガンだったが、国王と同じ思想を持ち、しかもあの晴人を追い出し殺そうとしたマリアナを、許すつもりは毛頭なかった。

晴人の命令があるから生かしている、ただそれだけだ。

そのため、エイガンから放たれる殺気は本気のもので、マリアナはそれを察して顔を真っ青にしていた。

しかし腐っても王族、しかも勇者たちを利用しようとしていたマリアナである。努めて冷静に、エイガンへと言い返した。

「私を殺してもいいのですか？」

まだ自分には利用価値があり、殺されることはない。

そう推察しての強気な発言だったが、その考えはエイガンによってあっさりと打ち砕かれた。

「いや、誰であろうと不自然な動きがあれば殺しても構わないと言われている。お前も例外ではない」

「そ、そんな……」

マリアナは絶望して、ソファーに座り込んでしまう。

実際のところ、マリアナの推察は正しかった。

晴人は形だけの王としてマリアナを立てるつもりであり、殺してはならないとエイガンに命令していた。

しかしエイガンはそのことをおくびにも出さず、マリアナの心を折ろうとしたのだ。

当のマリアナはといえば、必死で頭を回転させていた。

この国はどうなるのか？　誰が王になる？　まさかあの男が？

「わ、私が死んだら、誰が王になるのですか？」

エイガンは口を開かない。

「答えなさい！　私を誰だと思っているのですか！」

そこでようやくエイガンが口を開く。

「お前が誰か、だと？　面白いことを聞くな。貴様は愚王の娘であり、国民や家臣たちのことを第一に考えず、私利私欲のためだけに権力を振るう愚か者だ……違うか？」

「お父様はたしかに愚王と呼ばれてもおかしくはないです。ですが私は――」

「黙れ！」

「――痛ッ!?」

エイガンはマリアナの言葉を遮り、ナイフを投げつけた。

マリアナの頬を掠《かす》め、うっすらと血を滲《にじ》ませたナイフが、背後の壁に深々と突き刺さる。

初めての痛みに震えるマリアナへと、エイガンは冷たく言い放つ。

「愚王の娘も愚王と同じだった。自分では否定していても、周りからそう思われているなら同じことだ」

「ッ！」

マリアナは何も言い返せず、唇を噛みしめる。口の中に、鉄の味が広がった。

と、そこで扉がノックされたため、エイガンは家具の陰に身を隠す。

「マリアナ姫、ハルト様からの伝言です。入ってもよろしいでしょうか？」

「え、ええ。入りなさい」

「失礼します」

入室したメイド——アーシャは、晴人から言われたことをそのままマリアナへと伝えた。

「ハルト様からの伝言です。一言一句、聞き漏らさないようお願いします——『喜べマリアナ、お前が今日から女王だ。だが権力があると思うな。政治への干渉は一切禁じ、宰相や大臣にすべて従うように。ちなみに、他の王族や各地の王族派の貴族については、調査ののち、処刑か無期限の投獄、あるいは犯罪奴隷として鉱山に送る予定だ』とのことです」

「なんですって!?　それは余りにも……あなた。他に何か言っていましたか？」

アーシャは少し間をおいて答える。

「はい。『従わないなら王を変えるだけだ、代わりはいるから調子には乗らないように』、とも」

代わり……つまりは弟である幼い王子のことだろう。

そしてやはり、余計なことをすれば自分も処分される――他の王族と同じように殺されるか投獄されるか、あるいは奴隷に落とされる――のだと、マリアナは改めて理解した。

「……ユウキハルト、いえ、ハルト様には、すべて従いますとお伝えください」

「はい」

アーシャは一礼すると、部屋を出ていく。

そして入れ替わるようにして、エイガンが再び姿を現した。

「よかったな、今すぐの処刑は免れたようで。我らがボスに感謝するのだな」

「そう、ですね……」

そう答えたが、マリアナの内心はそれどころではなかった。

即座に殺されるわけではないといっても、これでは死んでいるも同じだ。少なくとも、以前と同じような生活を送れるわけがない。

「ふん、本心からそう言っているようには見えないがな……我々は常にお前を監視している、くれぐれも変な行動はするなよ。わかったな？」

エイガンはマリアナの内心を見透かすようにそう言って、再び姿を消した。

彼の言葉通り、マリアナはまだ諦めてはいなかった。

王族派の貴族に調査の手が伸びる前にコンタクトを取れば、巻き返す目はあるはず。

マリアナは計画を練る。

再び権力の座に返り咲く計画を。

その計画が必ず成功すると思って。

第17話　召喚陣の秘密

天堂たちがダンジョンに向かって一週間近くが経った。

この一週間で、改革は順調に進んでいた。

俺は報告を受けるため、そしてそろそろ王都を出ることを伝えるために、宰相と大臣たちを集める。

ちなみに王都を出る理由は、ナルガディア迷宮に向かい天堂たちの様子を確認するためだ。

「皆、ご苦労様。何度か伝えているが、今日の報告で大きな問題がないようなら、明後日あたりに王都を出ようと思っている……これまで付き合ってくれてありがとうな」

俺の言葉に、宰相が首を横に振った。

「とんでもありません、お礼を言いたいのはこちらの方です。欲を言えば、マリアナ女王ではなく、ハルト様に王になっていただきたかったのですが……」

「何度でも言うが無理だな」

そう、宰相たちは、ことあるごとに俺に王になれと言ってきたのだ。

しかし俺としては面倒なことはやりたくないので断固拒否していた。

「……ですよね。流石にもう諦めます」

そう言って笑う宰相に、俺は頷く。

「ああ、悪いな……それじゃあ報告を始めてくれ」

まずは宰相からだ。

「まず、諸々の調査が完了しました。やはりあの場にいた者は、王妃と幼い王子以外、それぞれ私腹を肥やしていたようで、ほぼ全員が処刑となりました。また、王族派の貴族についてですが、王族の私室に隠されていた資料から、問題のある者はリストアップ済みです。あとは実地調査で証拠を押さえるだけとなりました」

おお、もうそんなところまで調査できたのか。

俺が感心していると、宰相は言葉を続ける。

「続いて民の反応ですが、こちらも良好です。国王の病死、第一王子らの自害、マリアナ女王の即位についても、素直に受け入れられたようですね。また、その他の王族については、国王の死をきっかけに横領やクーデター計画が発覚し、投獄されたことにしました。こちらも苦い思いをしていた者が多かったようで、民からの反発はありません」

どれだけ王族は恨まれていたのか……まぁ、これで国が綺麗になったんだから良しとしよう。

「最後に奴隷の件ですが、こちらも順調です。現在は、解放した奴隷を祖国に送り帰す手続きを進めています。反発した者も、ハルト様の名前を出すと素直に従ってくれました」

勝手に名前使うなよ……といっても、それで奴隷解放が進んだならまあいいか。

どうやらEXランク冒険者の肩書が効果的だったみたいだ。

「わかった、ありがとう……じゃあ次、財務大臣」

「はい。まずは急ぎ減税を行ったことで、全国的に消費が上向きになったとの報告があります。また、王族が横領し、貯め込んでいた額がかなりの数字になりました。そこでその金を使って、イビルの被害を受けた街の改修を公共事業とし、大量にいた失職者を雇い入れました。全体の景気動向は長期的に観測する必要がありますが、王が変わったことで民が明るくなっているので、期待できると思います」

おお、思ったよりいい方向に進んでいるみたいだな。

「わかった。細かいことは任せるよ……じゃあ次、軍事はどうだ？」

「はい。まず、第一王子とともにイビル化した騎士と兵が軍全体の三分の一に及んだため、巡回などに問題が出ていたのですが、ハルト様や勇者様方の助言もあり、現在は解消されております。ありがとうございました」

助言って言っても、ルートの選定や交代制度の見直しにちょっと口を出しただけなんだけど、改めて礼を言われるとこそばゆいな。

「また、新兵の募集も完了し、訓練に入る段階となります」

「わかった。これからのグリセントの軍はあくまでも平和のための軍であって、侵略のためのものではない。そのことを周知徹底させるように」

「はっ！」

それからも、各大臣の報告は続くのだった。


昼頃に会議が終わったところで、俺は王族しか使えないとされている通信室に向かい、ペルディス国王のディランさんに連絡を入れることにした。

実は一度、襲撃したその日に連絡を入れていたのだが、その時は簡単な報告しかしていなかったからな。

というわけで、通信に応じてくれたディランさんに、改めて簡潔に伝える。

伝えたのは、国王を殺してこちらの監視を付けた女王に挿《す》げ替《か》えたこと、協力者のエルフを忍ばせているので安心してほしいこと、何かあったらそちらを頼らせるようにすること、以上の三つくらいだ。

ディランさんは何か言いたげにしていたが、最後には諦めたようにため息をついていたのだった。

通信室から出た俺は、筆頭宮廷魔法師のマルベルのもとへ向かった。

「勇者召喚の魔法陣ですか……申し訳ないのですが、あれは完全に王族が管理していたもので、筆頭である私も関わっていないのです。一応召喚の間自体はそのままになっているはずですが……」

とのことで、詳しくはわからなかった。

とりあえず、見てみるしかないかな。

「フィーネ、アイリス、クゼル。俺は召喚の間を見にいくが、一緒に来るか？」

「はい。勇者召喚の魔法陣は気になります」

「私も！」

「少しは興味がある」

俺は乗り気な三人を連れて、召喚の間へと向かった。

扉を開けると、複雑な幾何学《きかがく》模様の重ね合わせでできた魔法陣が、床一杯に描かれていた。

「召喚されてから三ケ月くらいか？　やけに懐かしく感じるな……」

「ここがそうですか……」

フィーネの呟きを聞きながら俺は神眼《ゴッドアイ》と並列思考スキルを併用して、魔法陣の解析をしていく。

しかし結果は……

「不明……か」

「不明、ですか？」

「不明ってどういうことなの？」

フィーネやアイリスが俺の顔を見て聞いてくる。クゼルは壁にかかっている剣を見て興奮していた。うん、期待はしていなかったとも。

「勇者召喚の魔法陣であるということしか、わからなかったんだ。ところどころに小さな魔法陣みたいなものがあるが、それがどんな効果を持っているかがわからないし、一見無意味に見える模様も多い……一応この国で最も知識があるはずのマルベルが関わっていないそうだし、かといって国王が生み出せるかと言ったら……」

「無理でしょうね」

フィーネにしては辛辣《しんらつ》に、バサッと否定する。

「そうだな、ということは……何か文献《ぶんけん》を見ながら描き上げたに違いない」

神眼《ゴッドアイ》でもわからないということは、相当に珍しいもののはずだ。

俺は魔法陣の上を歩きながら、部屋の中を観察する。

俺たちが召喚された時のような神々《こうごう》しい輝きは、今は見られない。

とりあえず魔法陣を紙に描き写して、部屋を出る。

よし、次は……

「書庫に行くか」

「その手がありますね」

「それなら情報が！」

「書庫か……」

フィーネ、アイリス、クゼルから、三者三様の言葉が返ってきた。クゼルだけ見るからにテンションが下がっている。

うん、クゼルが書庫にいるイメージないもんな。

とはいえ、国王も書庫で情報を得たはずだ。

執務室にも手がかりはあるかもしれないが、まずは可能性が高い書庫を優先すべきだろう。

俺は通りかかったメイドに、書庫へ案内してもらうことにした。


着いたのは、古びた大きな扉の前だった。

恐る恐る扉を開けてみると広々とした空間に、大量の本棚が並んでいた。

「こりゃ、書庫ってより図書館だな……壮観としか言いようがない」

「王城の書庫がここまでだったとは予想外でした」

俺とフィーネは、そんな感想を漏らす。

「書庫が広いことは地図でわかっていたが、まさかこんなに凄かったとは……」

「おいクゼル、副騎士団長がそれでいいのか？」

けっこう偉い立場じゃないのかよ。

「中に入るような任務はなかったしな。それに個人的に、本がたくさんあるところには近寄らないことにしていたのだ！」

「なんで俺、こいつを連れてきたんだろうな……」

そうやって俺たち三人がはしゃいでいる一方、アイリスだけは平然としていた。

「こんなもんじゃないの？　うちとあまり変わらないわよ？」

流石王族だな……

「そ、そうなのか……っと、まずは召喚陣に関する情報を集めるか。だがこの量となると流石の俺でも……」

勇者召喚に関する書物を探し当てるのにどれだけかかることか。

それを考えると、憂鬱《ゆううつ》になってきた。

すると、案内してくれたメイドがおずおずと話しかけてきた。

「あのハルト様……」

「ん？」

「えと、この書庫を管理している司書が一人おります。その方は、すべての本の場所を把握しているというお話でして……」

「おお！　それはありがたい。助かるよ、それじゃあ呼んできてもらっていいか？」

俺が頼むと、メイドは書庫の入り口、右側の方にあった扉の中へと入っていく。

そしてしばらくすると、初老の男性を連れて戻ってきた。

……この人が司書なのか？

メイドが一礼して去り、俺が口を開こうとしたところで、その男性が先に尋ねてきた。

「あなたが現在この国を立て直しているハルト殿ですか？」

「その通りだ。まあ、俺一人じゃなくて皆の力だけどな……それで、あなたがここの司書か？」

「はい。私はこの書庫の管理を任せられております、司書のルベンと申します。何かお探しでしょうか？」

「ああ。勇者召喚の魔法陣について調べていてな。関連する書物や文献はあるか？」

ルベンは顎に手をやり、長い髭を擦る。

「勇者召喚の魔法陣ですか……たしか禁書庫に、関連するものがありますね。本来であれば立ち入りは禁止なのですが……あなた方なら問題ないでしょう。得た情報は、くれぐれも漏らさないようお願いいたします」

「わかった」

「ありがとうございます。それでは、ついてきてください」

ルベンについて歩きながら、禁書庫に関して尋ねる。

「なあルベン。『禁書庫』ってなんだ？」

「禁書に指定された書物や、貴重な文献が保管された書庫です。城で唯一私だけが出入りを許されています」

「なるほどな……本当に俺たちが入っていいのか？」

「ハルト殿なら、誰も何も言わないでしょう。この国を立て直してくれている、英雄ですからね」

「……そうか」

ただ、一点だけ訂正させてほしい。

「俺は英雄なんかじゃない」

そんな俺の言葉に、ルベンが目を見開く。

「それはどうしてですか？　あなたによって国は救われました。今の王都には、国には活気が戻っております。そうしてくれたあなたは我々の英雄です」

俺は首を横に振った。

「違うな。やっぱり俺は英雄などではない。俺はただの復讐者だよ」

「……復讐者？」

「ああ。もう知っているかもしれないが、俺は勇者として召喚され、力がないからと追い出されて殺されかけ、その復讐として王たちを殺した。国のためじゃなく、自分のための行動だ……だから俺は、英雄なんかじゃないのさ」

俺の言葉にルベンは一瞬悲しそうな表情を浮かべ、真剣な表情になる。

「それでも……それでも私たちにとってあなたは英雄です。あなたがご自身のことをどう思っていようと、それは変わりません」

「……そうか」

ルベンの言葉で、なんとなく気持ちが軽くなった。

そんな会話をしているうちに、書庫の最奥に辿り着き、厳重に鍵《かぎ》をかけられた扉が現れる。

ルベンが解錠すると、その向こうには地下へと続く階段があった。

その先にも重厚な扉があり、再びルベンによって解錠される。

「ここが禁書庫です。どうぞ中へ」

禁書庫の中は光の魔法がところどころ灯っているが薄暗い。

並んでいる本は古いものから新しいものまで様々で、どれも状態がよかった。おそらく保存の魔法でもかけられているのだろう。

「勇者召喚に関連するものはこちらです」

そう言って進んでいくルベンについていくと、ルベンは唐突に立ち止まり、古い本を取り俺に渡してくる。

そしてまた歩き始め、止まって本を取り俺に渡し、また歩き始め……と続けていく。

途中から俺だけでは持ちきれなくなったので、フィーネたちにも持ってもらった。

「――これで全部かと」

そうして最後の本が積み上げられた頃には、本は何十冊にもなっていた。

「思ってたより多いな……助かったよ、ルベン。この人数で探したら何日かかったことやら。持ち出すのは流石にまずいか？」

ルベンしか入れない部屋に保管されているとなれば、流石に持ち出しは無理だろうな。

そう思ったのだが、ルベンは首を横に振った。

「いえいえ。お声かけいただければ、持ち出して大丈夫ですよ。その代わり管理はしっかりとお願いします」

「わかった。ありがとう」

ルベンは、「では失礼します。また何かあれば声をおかけください」と言って立ち去ってしまった。

俺たちは近くにあった机に本を置き、ため息をつく。

「はあ……とりあえずこいつらに目を通すか」

皆は積み上がった本を見て、露骨《ろこつ》に嫌そうな顔をする。

「その気持ちはわかるが、やるぞ……」

「……はい」

「量が。はあー……」

「仕方ないな！」

順にフィーネ、アイリス、クゼルである。クゼルはやけに元気だが……ポジティブすぎないか？

そうして俺たちは、山のような本の中から、帰還に関する情報を探すのであった。

——それから数時間後。

「あったにはあったが……」

「……ですね」

「……どれも御伽噺《おとぎばなし》じゃない」

俺、フィーネ、アイリスはそう呟いた。

クゼルはとっくにいなくなってしまっている。逃げたなあいつ。

ともかく、本を調べた結果、確かに帰還方法が書かれたものはあった。

ただそれは、魔王を倒した勇者がその場で神によって元の世界に還されたとか、そんな御伽噺のようなものばかりだった。

てか、あの神様が帰還させたことはないはずなんだよな……

そんなことを思いながら最後の一冊をめくっていると、気になる記述があった。

「これは……」

「どうかしましたか？」

「ああ、可能性がありそうなことが書いてあるな」

俺はフィーネとアイリスにそのページを見せつつ、読み上げる。

「『勇者は自ら帰還用魔法陣を完成させて元の世界に帰っていった』、か……」

「ですけどその魔法陣が載っていませんね……」

「そうなんだよなぁ……」

フィーネの言う通り、そのページには一番肝心な魔法陣が描かれていなかった。

別のページではどうかと熟読《じゅくどく》していくと、情報があった。

「あった、が……」

そこに書かれていたのは、『召喚用の魔法陣を弄《いじ》った』という簡略な一言のみ。

どこをどう弄ったのかは書いておらず、『突然「適当に弄ったらいけそうな感じになった」と言って発動したら、本当にいなくなってしまった。しかも魔法陣まで一緒に消えたので、記録に残すことができなかった』と書かれているのみ。

いや、ふざけんなよ⁉

流石に雑すぎる、これじゃあほとんど手がかりはゼロだ。

とはいえ、召喚用の魔法陣を弄ればいいということはわかった。

俺たちは一部の本だけ借りて、召喚の間へと戻る。

写しはあるが、実際のものと文献を見比べたかったのだ。

魔法陣の構成と仕組みについて、徹底的に調べていく。

そうして一息ついた頃には、外はすっかり暗くなっていた。

「……ダメだ埒《らち》が明かない！　また明日だ。今日はもう飯を食って寝よう」

「そうですね……文字ばかり見ていたので目がおかしくなりそうです」

「私もよ……」

俺に同意するように、フィーネとアイリスも頷いたのだった。


俺たちは部屋に戻って、これからどうするか相談する。

「あの文献のおかげで、召喚用の魔法陣の仕組みはおおよそ理解できた。あとはどう弄ればいいのかを模索するだけだが……」

「それでしたら、予定通り明後日には王都を出られそうですね」

「ああ。紙に写したものがあれば、どこでも考えることはできるからな」

明日の午前中、もう少し召喚の間を調べれば、あとはもう出発の準備をするだけだ。

俺はため息をついて、ソファーに横になる。ずっと本と魔法陣とにらめっこしていたので、流石に疲れてしまった。

そうして休んでいると、ふと、まぶたの上に温かい何かが置かれた。

反射的に手に取って確認すると、それは温かいタオルだった。

首を傾げていると、フィーネが声をかけてくる。

「えっと、邪魔でしたか？　疲れが取れると思ったのですが……」

どうやらタオルを置いてくれたのは、フィーネだったようだ。

「いや。温かくて気持ちよかったよ。ありがとう。これで目の疲労も少しは回復するよ」

「私にできるのはこれくらいですから」

「いやいや、調べ物も手伝ってくれただろ？　フィーネもゆっくり休んでくれ」

そう言って俺は再び目を閉じ、タオルを載せる。

溶け出すように疲れが取れていくのが、確かにわかった。


——翌朝。

俺は召喚の間へと向かい、少しだけ調べ物をする。

禁書の方も気になる箇所は書き写しておいたし、これでナルガディア迷宮に向かう道の途中でも魔法陣の研究ができる。

食堂に移動した俺は、フィーネたちと一緒に食事をとりつつ、今日と明日の予定を詰めていく。

「出発は予定通り明日の朝、今日は鍛錬と準備に充てよう……問題ないか？」

「大丈夫ですよ」

「そうね」

「私も大丈夫です！」

「迷宮か……楽しみだ。今日も鍛錬をしなければ！」

フィーネ、アイリス、エフィル、クゼルが口々にそう言う。

「あ、うん。そうだな。頑張ってくれ……アーシャもそれでいいか？」

「はい。問題ありません」

「よし、それなら各自準備を進めてくれ。俺は挨拶回りをしてくるから」

そうして朝食を終えた俺は、まずは宰相たちのところへ向かった。

と言っても、王都を出ることは昨日伝えている。いくつか伝達事項もあったが、すべて彼らに任せることにした。

続いて、エイガンを呼び出す。

出発することを伝えると、エイガンは土下座で「どうか三人、いや二人だけでもいいので連れていってください！」とせがんできた。

とはいえエイガンたちには、王族や貴族の監視を続けてもらわないといけない。それにエルフの里にも人材を戻さないといけないので、こちらに人をやるような余裕はないため、断った。

エイガンと別れた俺は、マリアナの部屋へと向かう。

マリアナは突然の俺の来訪に、驚きと困惑の表情を浮かべる。

「ユウキハルト……いえ、ハルト様。何しにここへ？」

少し棘《とげ》のある言い方だが、それは仕方がないのでスルーする。

「ああ。明日、王都を出ることになったから挨拶でもと思ってな」

「そうですか。わざわざそれを言いに来たのですか？」

俺の言葉に、マリアナの表情がわずかに緩んだのを俺は見逃さなかった。

「まあな……もしかして、やっと行動ができると思ったか？」

「……行動？　何のことでしょうか？」

今度は表情を強張《こわば》らせるマリアナ。

こいつ、こんなにわかりやすい奴だったか？

俺は笑みを浮かべる。

「残念ながら、俺がいなくなっても監視は付いたままだ。お前に権力がないことも変わらない」

「……わかりました」

「それと報告がいってると思うが、王妃と王子以外の王族は、全員処分された。王族派の貴族も、王族が抱えていた情報のルートから全員割り出されている。お前の味方になる貴族はもういないぞ」

「……そう、ですか」

マリアナは、なんとかといった様子で言葉を絞り出した。

頼りにしていたであろう王族派の貴族が捕まれば、マリアナは完全にお飾りの女王になる。

それでもこいつのことだ、何かしらの手段を取って権力の座に返り咲こうとするだろうが……エイガンたちエルフの監視がある限り、その機会は永遠に訪れないだろう。

「じゃあな。愚王の娘」

「……」

マリアナは最後の抵抗なのか、出ていく俺をキッと睨んだ。

俺はその視線を感じつつ、二度とこいつの顔を見ることはないんだろうと考えながら、マリアナの部屋を出ていくのだった。


こうして俺とエルフたちによる復讐劇は幕を閉じた。

その日の夜は宰相が準備したパーティーが開かれ、俺たちは大いに楽しんだ。

これからは、彼らがこの国を豊かにしていく。

どんな国になるのか思いを馳《は》せながら、俺たちはパーティーを楽しむのだった。

第18話　新たなる出発

　翌朝、出発しようとした俺たちを見送るべく、宰相や大臣、グリファスやマルベルなど、国の重《じゅう》鎮《ちん》が王城の前に勢揃いしていた。

「ハルト様、この度は国を救っていただきありがとうございます。この場にいない者に代わって、お礼を申し上げます」

　そう言って宰相が深く頭を下げると、他の大臣たちもそれに倣《なら》った。

「頭を上げてくれ、俺は大したことはしてないさ」

　頭を上げた宰相は、「そんなことはありません」と言ってから続けた。

「これだけ多くのことをしていただいたのに、お礼に何かをお渡しすることもできないのが悔やまれます」

　他の大臣たちも同じ気持ちのようで、申し訳なさそうな表情をしていた。

「気にするな。俺が余計なことをしなければ、こんな大変なことにならなかった、って考え方もできるんだ。流石にそこまでしてもらう必要はない」

「お心遣いありがとうございます……それと、ハルト様が連れてきたエルフに関してですが……」

「ああ、そうだった。女王と勝手なことをする貴族の監視のために置いていくから、何かあったら報告がいくと思う……できるだけ協力するようには伝えておくから、有事の際は相談してみてくれ」

と、そこでアイリスが、思い出したように口を開いた。

「そうそう、何かあったらうちの国、ペルディス王国を頼りなさい。ハルトがこの国の関係者だってわかってるから乗っ取るようなことはしないし、安心して」

アイリスのその言葉に、宰相たちは口々に「ありがとうございます」と言って頭を下げた。

俺たちの話が終わったのを見計らって、グリファスとマルベルが近付いてきた。

「ハルト殿、テンドウたちを頼む」

「どうかお願いします」

二人はそう言って俺に頭を下げてきた。

「二人とも頭を上げてくれ。俺もあいつらを鍛えたが、その時に慢心《まんしん》しないように徹底的に叩き込んだ。ナルガディア迷宮でも、上手くやっているさ」

「徹底的、ですか……」

「恐ろしいですね」

二人は苦笑いを浮かべていた。

実は一度、この二人と二対一で模擬戦をしたのだ。流石騎士団長と筆頭宮廷魔法師と言うべきか、あるいは天堂たちの師匠と言うべきか、中々強かった……まあ俺ほどではないが。

「それに他の勇者連中も、全員無事にグリセントに帰してみせるよ。そのために、ちょうどいい難易度のナルガディア迷宮を選んだんだし」

「ナルガディア迷宮、か……」

二人が複雑な面持ちとなる。

「なんだ？　いい条件の迷宮だと思っていたんだが……」

「いや、ナルガディア迷宮の最下層には封印された邪竜がいるとされていてな。今では神話となっているが……」

「邪竜？」

俺はそんな話を聞いたこともなかった。ダンジョンを見た時にボスが見られなかったのは何かしらの原因があるのかと、ついつい悪い方へと考えてしまう。

「おそらくは大丈夫だと思うが……」

「そうか……まあ、俺たちも向かうわけだし、とりあえず安心してくれ」

「助かる」

そして改めて、俺は全員に向き直る。

「それじゃあ行くとするよ。皆、世話になったな」

俺のその言葉で、フィーネ、アイリス、アーシャ、エフィル、クゼルが宰相たちに頭を下げてから馬車に乗り込み、俺も御者台に座る。

そうして俺は、マグロ《相棒》に声をかけた。

「行くぞ、相棒！」


王都を出た俺たちは、森の中を進んでいた。

「そうだ。エイガンにさっきのことを知らせておくか」

「さっきのこと、ですか？」

フィーネは頭に疑問符を浮かべていた。

「ああ。大臣たちに、マリアナたちの件で話が行くかもって言っただろ？　その件をな」

俺は通信用魔道具に魔力を流して、エイガンに連絡する。

「エイガン。俺だ。聞こえているか？」

『こ、これはボス！　何かご用で？』

急な通信に、エイガンは驚いているようであった。

「ああ、伝え忘れていたんだが、マリアナや王族派の貴族に動きがあったら、俺だけじゃなく宰相たちにもすぐに伝えるようにしてくれ」

『御意』

御意って……まあいいか。

俺は微妙な気持ちになりつつ、エイガンとの通信を切った。

「そうだ。セバスたちにも状況を知らせておくか。襲撃直後に連絡しただけだからな」

「それがいいですね」

俺は今度は、ペルディスの屋敷で留守番してくれているセバスに連絡を入れる。

「俺だ」

『これはハルト様。何かございましたか？』

「ああ、今グリセントの王都を出たんだが、この先の予定を伝えておこうと思ってな。直接そっちに戻らずに、ナルガディア迷宮に寄ろうと思ってる」

『なるほど、あのダンジョンですか。わかりました。お気を付けください』

「ありがとう。またナルガディア迷宮を出る時に連絡する」

俺はそう言って、セバスとの通信を切った。


それからさらに進んだところで、俺たちは休憩することにした。

馬車を道の端に止め、マグロには果物や野菜を与えつつ、俺たちも軽い昼食をとった。

と、そこでクゼルに尋ねる。

「なあクゼル」

「なんだ？」

「今さらだが、俺たちについてきてよかったのか？　騎士団に入り直すって選択肢も……」

そう言うが、首を横に振られた。

「いや、何度も言うが私はグリセントに思い入れはない。何よりハルトたちと一緒に旅をした方が楽しそうだと思ってな」

「……そうか。クゼルがそう思うならそれでいいさ」

「そうよ。賑やかな方が楽しいもの！」

「アイリスの言う通りですね」

アイリスの言葉にフィーネが同意する。アーシャとエフィルも頷いていた。

そんな中、俺の気配察知に魔物の反応があった。

「皆、北東方向から魔物が八体来てる。大きさと魔力反応からしてグレイウルフかな？」

「なら私が相手しておきます。皆さんはそのまま休んでいてください」

俺の言葉にいち早く反応して立ち上がったのは、意外なことにアーシャだった。

嬉しそうに立ち上がりかけていたクゼルが不憫《ふびん》だな。

「アーシャ、いけるのか？」

「ええ、もちろんです」

アーシャは頷くと、魔物が向かってきている方角に移動し、構えも取らずに自然体で立っている。

少しすると、俺たちの視線の先にグレイウルフが現れた。

グレイウルフは、武器を構えも取り出しすらしないアーシャを獲物と見定めたのか、一気に襲いかかる。

「アーシャ！」

これまで見守っていたアイリスも、流石に声を上げげた。

しかしアーシャは跳躍し、くるりと優雅に回転しながらグレイウルフを躱す。

その両手の指の間には、いつの間にか八本のナイフが挟まっていた。

そして空中でもう一回転し、その勢いでナイフを投げる。

八本のナイフは正確にグレイウルフどもの眉間に刺さり、その命を絶ち切った。

その光景を見て、俺以外の四人が唖然としている。

「「「アーシャ、こんなに強かったっけ……」」」

見事に言葉がシンクロした。

アーシャはナイフを回収すると、綺麗に血を拭き取る。

そしてメイド服のスカートに隠したナイフホルダーに、丁寧に仕舞い込んだ。

「あ、アーシャ、それは……？」

アイリスもナイフホルダーが見えたのか、恐る恐る尋ねる。

「これですか？」

「ええ」

「ナイフですよ」

「そうじゃなくて！　なんでそんなに隠し持ってるのよ！」

突っ込むアイリスに、アーシャは不思議そうにする。

「ダメでしょうか……？」

「いや、ダメとかじゃないけど……ちょっとハルト！　ハルトは知ってたの⁉」

アイリスに言われて俺は頷いた。

「ああ。あのナイフホルダー渡したの俺だし」

俺がそう答えると、アイリスは「なんで⁉」と言ってくる。

「アーシャに頼まれてな」

「はい。元々セバスに暗器の使い方は習っていたので、ペルディスを出てからはハルトさんにアドバイスを貰いながら鍛えていたんですよ！」

アーシャが元気よく頷くと、アイリスはもう何も言えないようだった。

フィーネとエフィルは苦笑しており、クゼルはなぜか目を輝かせている……うん、気にしないでおこう。

そんなこともありつつ、マグロも疲れが取れたようなので俺たちは馬車に乗り込む。

「さて。そろそろ行くとするか」

「ですね。十分休憩もしました」

「そうね。私、初めてのダンジョンだから楽しみだわ！」

「姫様、何かあってもお守りしますからね」

「漲《みなぎ》ってくるな！」

「私もダンジョンは初めてなので緊張しますけど……頑張ります！」

俺に続いてフィーネ、アイリス、アーシャ、クゼル、エフィルがやる気満々にそう言った。

俺はマグロの手綱を握り、気合いを入れて声を上げる。

「さあ、出発だ。目指すはナルガディア迷宮！」

「ヒヒーン！」

こうして俺たちは、天堂たちが攻略中であるナルガディア迷宮へと馬車を進めるのであった。

犬の獣人ノアは、凄腕鍛冶士を父に持ち、自身も鍛冶士を夢見る少年。しかし父ノマドは、母の死を境に酒浸りになってしまう。そんなノマドに代わって日々の食事を賄うため、幼いノアは自力で素材を集めて農具を打ち、ご近所さんとの物々交換に励むようになっていった。数年後、久しぶりにノアの鍛冶を見たノマドは、激レア素材を大量に並べる我が子に仰天。慌てて知り合いにノアを鑑定してもらうと、そのレベルは596! ノマドはおろか、国の英雄すら超えていた! そして家族隣人、果ては火竜の女王にまで愛されるノアの規格外ぶりが、次々に判明していく――!

◉定価:本体1200円+税　◉ISBN 978-4-434-27158-8　◉Illustration:うおのめうろこ

追放から始まる、異世界逆転ファンタジー！

魔物の解体しかできない役立たずとして、勇者パーティを追放された転移者、ユウキ。実はあらゆる能力が優秀だった彼は、勇者パーティを離れたことで、逆に異世界ライフを楽しみ始める。一方その頃、解体技術を軽視し、いつもユウキを小馬鹿にしていた勇者たちは窮地に追い込まれていた。そして、何もかも上手くいかなくなった彼らの怒りの矛先は――ユウキに向かうのだった。

●定価：本体1200円＋税　●ISBN978-4-434-27331-5　●Illustration：鏑木康隆

愛され王子の異世界ほのぼの生活

Aisareoji no isekai honobono seikatsu

霜月雹花

Hyouka Shimotsuki

顔良し　才能あり　王族生まれ

ガチャで全部そろって異世界へ

頭脳明晰、魔法の天才、超戦闘力の

チート5歳児

として異世界を楽しみ尽くす!

自由すぎる王子様のハートフルファンタジー、開幕!

転生者の能力を決めるガチャで大当たりを引いた俺、アキト。おかげで、顔は可愛いのに物騒な能力を持つという、チート王子様として生を受けた。俺としては、家族と楽しく過ごし、学園に通って友達と遊ぶ、そんなほのぼのとした異世界生活を送れれば良かったんだけど……戦争に巻き込まれそうになったり、暗殺者が命を狙ってきたり、国の大事業を任されたり!?　こうなったら、俺の能力を駆使して意地でもスローライフを実現してやる!

◉定価:本体1200円+税　◉ISBN:978-4-434-27441-1　◉Illustration:オギモトズキン

大貴族家に生まれた少年、シアン。彼は順風満帆な人生を送るはずだったが、魔法の力を授かる成人の儀で、水しか出ない役立たずの神具【コップ】を授かってしまう。落ちこぼれの烙印を押されたシアンは、名ばかり領主として辺境の砂漠に追放されたのだった。どん底に落ちたものの、シアンはめげずに不毛の領地の復興を目指す。【コップ】で水を生み出し、枯れたオアシスを蘇らせたことで、領民にも笑顔が戻り始めた。その時、【コップ】が聖杯として覚醒し——!? シアンは【コップ】をフル活用し、名産品作りに挑戦したり、不思議な魔植物を育てたりして、自由に町を作っていく!

◉定価:本体1200円+税　◉ISBN 978-4-434-27336-0
◉Illustration:もきゅ

魔力が無いと言われたので独学で最強無双の大賢者になりました！

He was told that he had no magical power, so he learned by himself and became the strongest sage!

雪華慧太 Yukihana Keita

眠れる“劣等魔力《スーパーチート》”で反逆無双!!

最強賢者のダークホースファンタジー！

日本から異世界の公爵家に転生した元数学者の少年・ルオ。五歳の時、魔力が無いという診断を受けた彼は父の怒りを買い、遠い分家に預けられることとなる。肩身の狭い思いをしながらも十五歳となったルオは、独学で研究を重ね「劣等魔力」という新たな力に覚醒。その力を分家の家族に披露し、共にのし上がろうと持ち掛け、見事仲間に引き入れるのだった。その後、ルオは偽の身分を使って都にある士官学校の入学試験に挑戦し、実戦試験で同期の強豪を打ち負かす。そして、ダークホース出現の噂はルオを捨てた実父の耳にも届き、やがて因縁の対決へとつながっていく――

●定価：本体1200円＋税　●Illustration：ダイエクスト

●ISBN 978-4-434-27237-0

アルファポリスで作家生活!

新機能「投稿インセンティブ」で報酬をゲット!

「投稿インセンティブ」とは、あなたのオリジナル小説・漫画をアルファポリスに投稿して報酬を得られる制度です。
投稿作品の人気度などに応じて得られる「スコア」が一定以上貯まれば、インセンティブ=報酬(各種商品ギフトコードや現金)がゲットできます!

さらに、人気が出ればアルファポリスで出版デビューも!

あなたがエントリーした投稿作品や登録作品の人気が集まれば、出版デビューのチャンスも! 毎月開催されるWebコンテンツ大賞に応募したり、一定ポイントを集めて出版申請したりなど、さまざまな企画を利用して、是非書籍化にチャレンジしてください!

まずはアクセス! アルファポリス 検索

アルファポリスからデビューした作家たち

ファンタジー

柳内たくみ
『ゲート』シリーズ

如月ゆすら
『リセット』シリーズ

恋愛

井上美珠
『君が好きだから』

ホラー・ミステリー

椙本孝思
『THE CHAT』『THE QUIZ』

一般文芸

秋川滝美
『居酒屋ぼったくり』シリーズ

市川拓司
『Separation』
『VOICE』

児童書

川口雅幸
『虹色ほたる』
『からくり夢時計』

ビジネス

大來尚順
『端楽(はたらく)』

この作品に対する皆様のご意見・ご感想をお待ちしております。
おハガキ・お手紙は以下の宛先にお送りください。

【宛先】
〒150-6008 東京都渋谷区恵比寿4-20-3 恵比寿ガーデンプレイスタワー 8F
（株）アルファポリス　書籍感想係

メールフォームでのご意見・ご感想は右のＱＲコードから、
あるいは以下のワードで検索をかけてください。

アルファポリス　書籍の感想　検索

ご感想はこちらから

本書はWebサイト「アルファポリス」（https://www.alphapolis.co.jp/）に投稿されたものを、改稿・改題のうえ、書籍化したものです。

異世界召喚《いせかいしょうかん》されたら無能《むのう》と言《い》われ追《お》い出《だ》されました。3
～この世界《せかい》は俺《おれ》にとってイージーモードでした～

ＷＩＮＧ（うぃんぐ）

2020年6月30日初版発行

編集－村上達哉・篠木歩
編集長－太田鉄平
発行者－梶本雄介
発行所－株式会社アルファポリス
〒150-6008 東京都渋谷区恵比寿4-20-3 恵比寿ガーデンプレイスタワー8F
TEL 03-6277-1601（営業）　03-6277-1602（編集）
URL https://www.alphapolis.co.jp/
発売元－株式会社星雲社（共同出版社・流通責任出版社）
〒112-0005 東京都文京区水道1-3-30
TEL 03-3868-3275
装丁・本文イラスト－クロサワテツ（http://www.fatqueen.info/）
装丁デザイン－AFTERGLOW
印刷－中央精版印刷株式会社

価格はカバーに表示されてあります。
落丁乱丁の場合はアルファポリスまでご連絡ください。
送料は小社負担でお取り替えします。
©WING 2020.Printed in Japan
ISBN978-4-434-27442-8 C0093